KZ地球旅行日志

KZ's Diary

欢迎光临，植物商店

谢宽　高愚 —————著

新星出版社　NEW STAR PRESS

图书在版编目（CIP）数据

欢迎光临，植物商店：KZ 地球旅行日志 / 谢宽, 高愚著. —— 北京：新星出版社, 2024.3
ISBN 978-7-5133-5293-2

Ⅰ.①欢… Ⅱ.①谢…②高… Ⅲ.①幻想小说 – 中国 – 当代 Ⅳ.① I247.5

中国国家版本馆 CIP 数据核字 (2023) 第 172667 号

幻象文库

欢迎光临，植物商店：KZ 地球旅行日志
谢宽 高愚 著

责任编辑	施 然	**监 制**	黄 艳
责任校对	刘 义	**责任印制**	李珊珊
封面设计	冷暖儿		

出 版 人 马汝军
出版发行 新星出版社
　　　　　（北京市西城区车公庄大街丙 3 号楼 8001　100044）
网　　址 www.newstarpress.com
法律顾问 北京市岳成律师事务所
印　　刷 北京汇瑞嘉合文化发展有限公司
开　　本 787mm×1092mm　1/32
印　　张 6.25
字　　数 76 千字
版　　次 2024 年 3 月第 1 版　2024 年 3 月第 1 次印刷
书　　号 ISBN 978-7-5133-5293-2
定　　价 78.00 元

版权专有，侵权必究。如有印装错误，请与出版社联系。
总机：010-88310888　　传真：010-65270449　　销售中心：010-88310811

范式和规则之外

文 _ 海客

在《欢迎光临,植物商店》中,你将会看到以下元素:身负重任、跨越星系来到地球的外星人,具有智慧的外星植物,文明衰退后的废土地球,数字化虚拟世界,与外星势力勾结的邪恶组织,以及一切背后的终极阴谋……

对于对科幻文学稍有所了解的读者来说,上述元素已经足够脑补出一部情节紧张刺激又高潮迭起的科幻小说。但是,在怎样通过这些元素完成一本科幻小说这件事上,《欢迎光临,植物商店》有着独特的想法,于是——这本以"科幻小说"界定的作品《欢迎光临,植物商店》,以看上去和通常意义下的原创科幻完全不同的面貌面世了。甚至,它看上去都不太像是一部类型文学作品。

当下,国内颇具热度和话题度的类型文学中,科幻文学无疑占有一席之地。然而,与全民话题度相对的,则是国内原创科幻品类的单一。在原创科幻中,占据绝对主流地位的品类是所谓的硬科幻作品。这类作品的很多特点，诸如对科学精神的尊重和推崇、追求科学细节上的尽量准确、故事情节在很大程度上依靠技术来推动和解决等，也往往是国内大众眼中科幻作品应该遵循的普适原则。国内硬科幻的传统由来已久，而近几年，小说《三体》和电影《流浪地球》系列所达到的极其惊人的高度，似乎也明示着这种传统的正确性。

但是，从来如此，便对吗？

实际上，国内科幻以硬科幻为绝对主流的写作模式，在很大程度上，是早期中国科幻人为了科幻这一类型文本能够在国内生存下去而采取的"求生策略"。

新中国成立以来，国内科幻文学的发展几经波折。我们目前谈论的原创科幻，通常被认为起步于二十世纪八十年代，在很长一段时间内，科幻需要顶着科普的名头，以传播科学知识、弘扬科学精神为目的，才能摆脱污名化，得以存活下来。这也就导致在很长一段时间内，不管是外国科幻经典的引进，还是国内原创科幻的出版，几乎都只有一种风格和模式，那就是足够"科学"和"正确"的、"黄金时代"风格的硬科幻作品。

甚至到了今天，在申请中国科普作家协会会员时，除了一般的科普作品之外，科幻小说也经常被视作科普作品的同类等价物，在发表作品列表里现身。

国内科幻独特的发展背景，从创作层面上指向了国内原创科幻的现状。而在读者层面，这一风格的科幻作品同样也塑造了很多读者、科幻迷对科幻的认知与审美。国内关于科幻的很多争论，诸"软科幻"与"硬科幻"之争、科幻到底应该以科学设定为主还是以故事为等，基本上都与这种认知和审美有关。

但是，读者层面的小圈子化是不利于国内科幻长足发展的。毕竟，科幻小说作为市场化的类型文学，必须有足够多的读者群体才能健康发展。对于尚在成长的国内原创科幻来说，出现多种风格和类型的科幻作品是必然的。如果仅仅因为"新面孔"看起来不像我们熟悉的那类作品，就对它们加以排斥，对任何人而言都是损失。

从这个角度来说，《欢迎光临，植物商店》就是这样一部"离经叛道"的、超出我们认知中科幻应该有的样子的科幻作品。

正如毕加索所说的："我花了四年时间画得像拉斐尔一样，但用一生的时间，才能像孩子一样画画。"

在这个意义下，《欢迎光临，植物商店》两位作者谢宽、高愚所进行的尝试，与小说中的初次来到地球的外星人KZ，达成了故事与创作的互文。故事中KZ带着一些初涉地球的懵懂和大胆去跌跌撞撞地探索整个世界，谢宽、高愚在面对文字的世界时，也带着同样的懵懂和大胆，去讲述属于自己的故事。

这种探索，游离于国内的所谓硬科幻的规则之外，甚至游离于类型文学的创作范式之外。但是，这种全新的尝试也带来了不一样的趣味。毕竟，阅读小说的本质是一项休闲娱乐，而最初吸引我们拿起一本科幻作品的，是因为那本书足够有趣，而不是因为它与我们认知里的科幻作品有多相似。

抱歉，出现了一点错误，我不知道我是如何到达这个星球的。

抱歉，出现了一点错误，我不知道我是如何到达这个星球的。

这个星球的黑暗和光明频繁交替，与我们的星球不同的是，这种奇异的现象不可以自主调整。为了保持我内在的秩序，请允许我使用这个符号"＜　＞"表示我当前的状态。"！"表示我很惊讶；"*"表示我被吸引了；"？"表示我很困惑。另外我想用"."来记录周围环境与我内在频率一致的时间长度。

新环境的冲击迫使我尝试记录下这里的所有场景，由于我没有视频记录功能，只能将场景逐一扫描，连续的事物会变得分散，这恐怕是我的先天缺陷，也可能是我并不需要具备这样的能力，毕竟我只是一名能量石搬运工，在我们星球的地底工作。

幸运的是，我可以实时记录我的反应和想法，我的体内应该存在某种记忆装置。

翻阅和整理回忆是我最喜欢的活动之一，用人类的话来讲，这本小册子可以理解为"日记"，或是"给自己的一封信"。

无论如何，希望你喜欢它。

! <.> !
我竟有幸被弯灯选中!

我在一个巨大的山洞里醒来,黑暗中有几个发着光的物体,有点儿像我们星球的能量石,又像是飞船的残骸。

我的感受器在这个洞穴中反应非常强烈,它在警告我不要在热水中游泳。如此高的温度让我感觉并不舒服,我环顾四周,但是不知道该注意哪里。

飞船似乎并没有受到任何损坏,它还在做着规律的呼吸,和我一样畏缩在这个陌生的环境中。另外,座位旁边出现了一个我从未见过的奇怪而微弱的存在,还有一个小小的声音从它身上传出,不断地重复。

随着我慢慢靠近,声音变得越来越大。

祝贺你成功抵达地球,我希望你一切都好。和你一起来到这里的小生命还好吗?地球人普遍称它为"植物",你也可以这么叫它,尝试与它交流!

地球人很喜欢它,你可以看到周围都是它的伙伴,这里是"植物乐园",待在这里,地球人马上就会找到你。

另外,"植物"旁边有一本来自古老地球的《地球之书》,我已经把书中的内容转化为K星语以便理解,希望它可以在你

我在一个巨大的山洞里醒来，黑暗中有几个发着光的物体

座位旁边出现了一个我从未见过的奇怪而微弱的存在

困惑时或者面临危险时救你一命。

祝你好运，弯灯在你身边。

过了一小会儿，又有一个声音传出：

找一找地球的能量石位置，找一找地球的能量石位置，找一找地球的能量石位置……

我怎么来到了地球? 地球也有能量石? 这个"植物"又是什么? 困惑不解填满了我的感受器。

还有，我并没有看到什么"植物伙伴"。四处空荡荡的，如果座位旁边的小东西是所谓的"植物"，那么这里一点儿也不像弯灯提到的"植物乐园"。此时我想不出来什么东西，但看上去我在这里醒来不是一场意外，而是弯灯安排的任务。

我从未见过弯灯，我的家人和伙伴也未能接近过祂，每一次"弯灯"都是以符号标志的模样出现在K星球的上空，听说祂位于我们K星球的核心位置，控制并维持着星球的运转和健康，没了祂的话，我们都活不了。

我竟有幸被弯灯选中!

希望它可以在你困惑时或者面临危险时救你一命

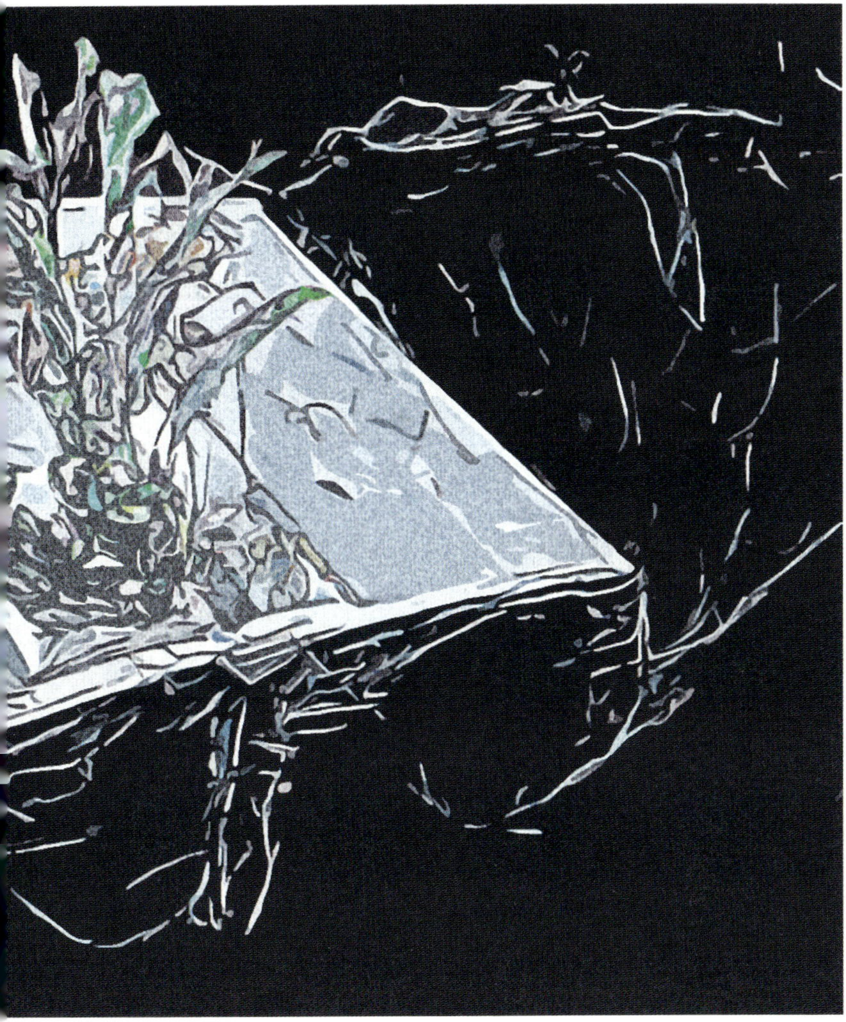

过去，和我一样的K星人也曾幸运地得到弯灯的垂怜，接受弯灯赐予的重要任务奔赴其他星球，但是大多数都没有再回到K星球。是什么牵绊住了他们回家的脚步？大家对他们的行踪缄口不言，或许他们已经去了更完美的世界。

我的身体轻微晃动了一下，恐惧中又夹杂了一丝兴奋。

还好我的记忆装置一直运行着，在黑暗的山洞中一闪一闪。

我关闭了视觉系统，开始翻看过去发生的事情，大部分记忆都断断续续，只剩下一张完整的扫描图片——图片上这颗散发着微弱光芒的星球应该就是地球吧，它的周围布满了奇怪的绿色能量，在星球外边缘飘浮。

作为K星球的一员，我的优势之一是可以看到能量的分布情况，但是这种颜色的能量我还是头一次见到。更奇怪的是，此时此刻身处山洞之中，我的视觉系统仍能隐约捕捉到一团团绿色能量，它们甚至就在这株植物上隐隐闪烁。

我驾驶飞船寻找闪烁着绿色能量的角落，它们都躲在黑暗里，时大时小，说不定"植物伙伴"就藏在里面？

可是随着我靠得越来越近,我发现那些角落什么都没有,只有一些形状各异的、封闭的孔洞。绿色能量仍然一动不动地飘浮着,甚至穿过了飞船,围绕在我周围。我下意识地检查自己的身体,生怕被这股不知名的绿色能量吞噬。

快点结束这次的任务吧。第一次,我开始想念 K 星球的枯燥生活和那片方正的天空。

这颗散发着微弱光芒的星球应该就是地球吧

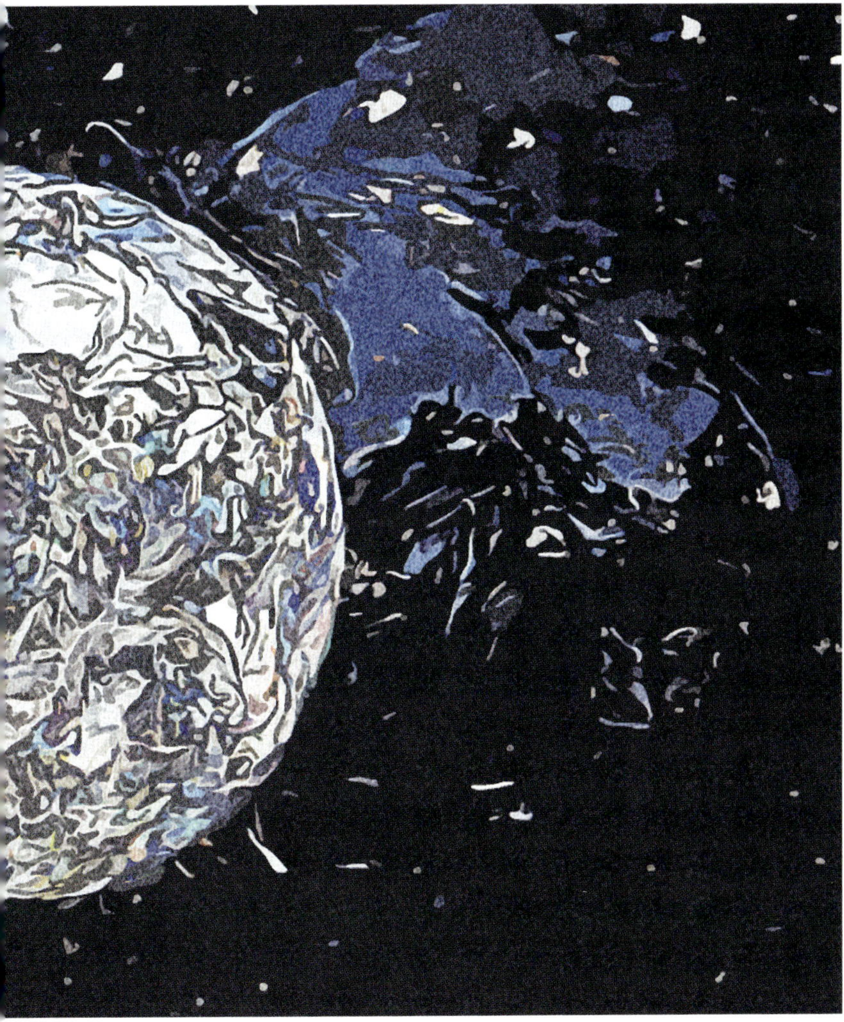

<..>

我停止了寻找

长时间的一无所获，我停止了寻找。

! <.> !

只要我们将手伸向天空，弯灯就会为我们提供所需的一切。

飞船的能量在不断减少。我突然意识到，离开了 K 星球，我能使用的能量石是有限的！难以想象没有了能量石，我会变成什么。能量石是我生命的唯一来源，但在 K 星球，我们完全没有这方面的顾虑，我的头就是储存能量石并将它们转化为能量的部位，只是每颗石头的能量只能维持一段时间。

我只有头上的这一颗了，飞船也是。我们还能在地球硬撑多久？

一次又一次，我伸出双手去寻求帮助。

小时候，周围的人常说，只要我们将手伸向天空，弯灯就会为我们提供所需的一切。所以每当我们看到空中出现弯灯的标志，身体便会不自觉地向下弯曲，将手臂垂直抬到空中，等待弯灯的恩赐。

此刻我又一次做出同样的动作，相信能量石会掉进我的脑袋里！

可能是飞船的位置不够精确，也可能是地球离弯灯太远，什么也没有发生。

愤怒、不安、绝望促使我开着飞船在山洞中横冲直撞，四处

只要我们将手伸向天空，弯灯就会为我们提供所需的一切

寻找着能量石。

切割，挖掘，检测，然后扔掉。我一遍遍地使用着探测器扫描着地球的岩石环境，没用的工具！这里甚至找不到一块具有能量的石头，这里的一切在我眼里都变得毫无意义！

更不幸的是，我并不能将飞船里的能量石取下来续命，这是我们星球该死的规定！犹豫使我消耗了更多的能量，我的身体开始变得虚弱，行动也逐渐失去平衡。

我的植物伙伴好像也变得奄奄一息。

突然，一滴液体打在我的头上，我还以为是无所不能的弯灯找到了我的位置！然而紧接着，前方不远处发生了一场爆炸，无数地球岩石被炸飞，一瞬间，红色液体与蓝色液体从岩石的裂缝中喷发出来，碰撞在一起，像是可怕的双人舞！更让我震惊的是，一团绿色能量竟从这双人舞中间凭空出现。

我和飞船都下意识地快速退后，然而这两种液体却离我们越来越近，直到将我们全部吞没。剧烈的晃动下我抓住了植物伙伴光滑又软弱的身体，但愿它能救我一命。

突然之间，飞船被一股强大的、流动着的力量托着向上冲

红色液体与蓝色液体从岩石的裂缝中喷发出来，碰撞在一起，像是可怕的双人舞

去，又像是要被吸进去。接下来的一幕我从未见过——

五颜六色的"精灵"围绕在我身边，在蓝色液体中漂浮，有些甚至长出奇怪的面具和爪子。它们四处飞奔，速度在快与慢之间自由地交替。那些原本看似坚硬的洞穴岩石突然变得软软的，无数细胞结构紧紧地贴在一起，像是能够呼吸一般。岩石顶部有个巨大的孔洞，做着规律的收缩运动，却不规律地释放着巨大的气泡，气泡周围还有少量的绿色能量。那群"精灵"好像发现了我，小心翼翼地躲在岩石后面偷看，我也是一样，身体暴露着躲在飞船里，扫描着无法理解的景象。

从这里能不能找到"能量石"，或是它的替代品呢？我模糊地想着，视觉系统已经变得迟钝，只能漫无目的地四处张望。

处在昏迷的边缘，我却看到了眼前的一幕，不知是真实还是虚幻：一个"精灵"快速地飞到气泡周围，吞食了绿色能量，微弱的绿色光芒在它的肚子里闪烁了片刻，然后消失了。

然而就是这个简单的运动，救了我的命。

我想要吞掉绿色能量！看着旁边的植物伙伴，我不顾一切地从脑袋中央取出能量石，并将它替换了进去。我可能是第一个这

那些原本看似坚硬的洞穴岩石突然变得软软的

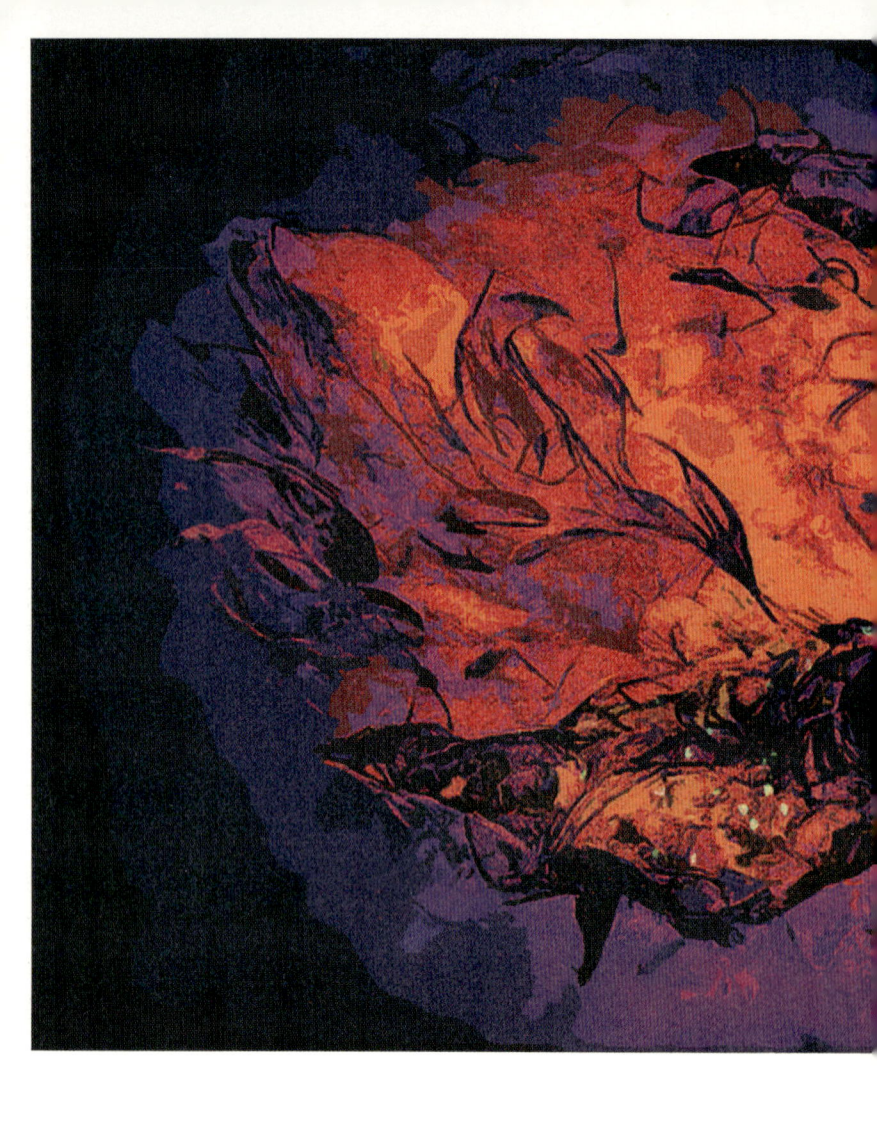

无数细胞结构紧紧地贴在一起，像是能够呼吸一般

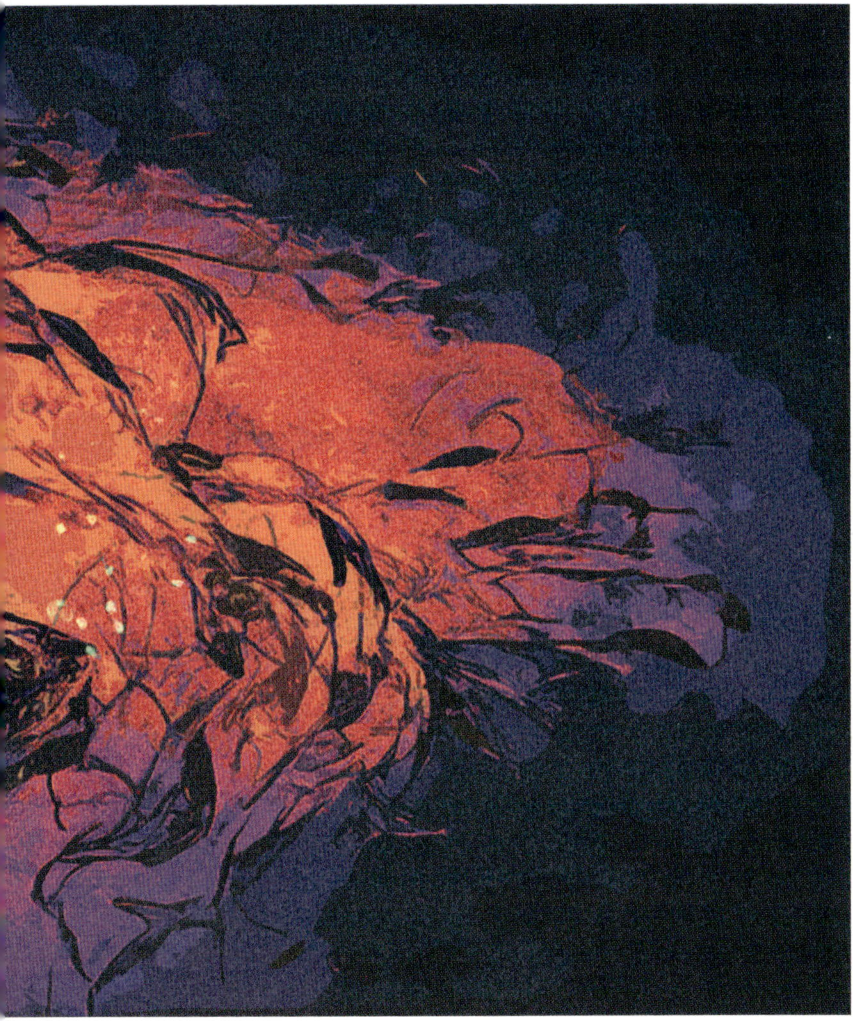

么做的K星人，此前我从未想过会这么做，我以为能量石会永远陪着我。

替换的瞬间并没有什么感觉，渐渐地，我的身体开始发紧，视觉系统不断缩小，我感到自己仿佛飘浮在飞船上空，而视觉系统似乎记录下了我自己慢慢消失的一幕。

我开启了想象系统，又立刻关闭，即使知道这么做可能无异于自杀，但是此刻我别无他法。

伴随着还未消失的绿色能量，我放弃了一切，昏了过去。

我从未想过会这么做，我以为能量石会永远陪着我

*<…>！

我已经不在乎我能活多久，也不在乎我的身体会变成"植物"还是"地球"。

我醒了。

周围依旧是恐怖的蓝色液体，静止不动。

我轻轻地摇晃了一下脑袋，不敢相信我还有意识，但此刻我已经意识不到时间的存在，只感觉我的头比之前轻松了许多。难道我的头和植物伙伴卡在了一起，又或是融为了一体？

我出现了幻觉，手臂上长出了新的植物，它们用绿色手臂缠绕着我，不断变大，植物的手臂上又长出了我的手臂，就这样一层层地无限循环、生长。

我用力地在身体周围抓来抓去，快速地拍了几下脑袋试图激活植物伙伴，同时逼自己回到现实。

我透过飞船的反光镜观察到，植物伙伴的生命状态并不好，当我想要和它交流时，它总是用力地扭动一下身体来回应我，并不像之前那样可以轻松地挺着身子。所以，我打算叫它"扭扭"。

这下可好了，不但任务没有完成，连仅有的一株"植物"也快被我杀死了。

不知道弯灯有没有预料到这一幕？

想到死亡，我已经不在乎我能活多久，也不在乎我的身体会变成"植物"还是"地球"。我只想用尽飞船最后的能量石，看看这个星球是什么样子，因为我的生命随时可能戛然而止。

*<...>？

我意识到,我并不是独自在这个星球上徘徊。

在这片柔软的蓝色液体中,我驾驶着飞船持续上升,液体的颜色也逐渐变成浅蓝色。上升不会带来恐惧感,但是水平移动会。当我的视线横向延伸时,视觉系统仍然能隐隐约约地捕捉到许多发光的"精灵",它们大多藏在黑暗处,有些几乎与我的飞船一样大,飞速地移动着。有些"精灵"走过来轻轻地抚摸我,之后又飞快地离开。它们似乎是用嘴巴作为触摸器官的生物,真的很少见,我不敢轻易地招惹它们,因为我害怕看到它们的面部表情。

在 K 星球,我们都是差不多的颜色,为了不会吓到对方,连表情也被设计得高度相似,而这些"精灵"的头部充满奇怪的颜色,一张一合的运动更使它们的表情变得千奇百怪。

我意识到,我并不是独自在这个星球上徘徊。

没有什么预兆,当蓝色液体的颜色变成白色的时候,我从海里出来了。

海的另一半是天空,它们一直在互相试探、触摸,却又互不干涉,它们并不相同,但又好像流淌着相同的能量液体。我漫无目的地飞行,却始终在它们的相接之处摩擦,来来回回。或许是喜欢这里陌生的感觉,又或许是沉醉于一种在家乡星球从未体验

我不敢轻易地招惹它们，因为我害怕看到它们的面部表情

海的另一半是天空，它们一直在互相试探、触摸，却又互不干涉

过的平静。

我再次忘记了时间，忘记了能量石，忘记了死亡与危险。同样，忘记了弯灯。

一直等到巨大的太阳在我面前潜入海中，我才找到新的目标：

飞向它。

飞行的过程并不顺利，时不时地突然下降，又时不时地突然减速。虚弱、抽搐，飞船恐怕和我状态相似。幸好"扭扭"不会说话，不然它会一直埋怨我吧，当初进入彼此身体的新鲜快感已经被释放出来，我们好像拥有了相似的感受和想法：找个可以休息的地方，继续活下去。

前面出现了一座小岛，大概是潜入海底的太阳留给我们的启示。

就快到了。

前面出现了一座小岛，大概是潜入海底的太阳留给我们的启示

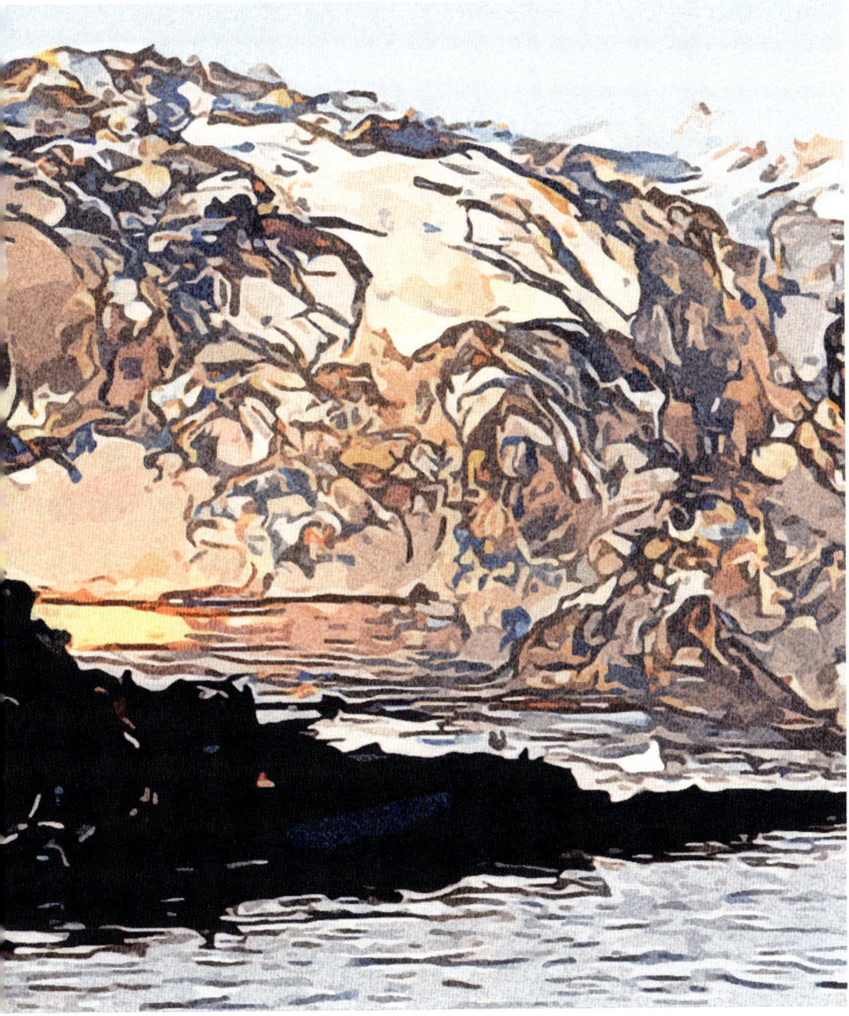

<...>

地球人可能会把我归为"爬行动物",因为我有六只运动器官。

我逐渐忘记了自己的不适,每天早上醒来都想在地面上多待一会儿

我逐渐忘记了自己的不适，每天早上醒来都想在地面上多待一会儿。

第一次接触地球的表面，我惊讶于它的柔软，我用下肢小心翼翼地触碰着，生怕陷进地里。

地球人可能会把我归为"爬行动物"，因为我有六只运动器官，上面两只巨大且锋利，可以用于挖掘能量石，下面四只不易被发现，它们藏在身体下面有节奏地挪动着，只有快速移动的时候才会露出来一截。

除了这柔软的地面，我更喜欢下坠的感觉，脚下有一种力量紧紧地抓着我，这大概是地球生物的共同体验，但在我们的星球上从未存在过。K星球由弯灯主宰，为了适应弯灯突然的举动，我们必须不断调整感受器，相反，地球好像稳定许多。

观察它。

"扭扭"总是蜷缩着身子转向另一边，是因为害羞而不敢直视我，还是比较好奇周围的环境呢？

我感知不到"扭扭"的头长在哪里，长在身体的不同位置吗？我也一直探测不到它在哪里储存能量，没有确切的数值使我

观察它

感知更加不安，它却以一种紧闭的、无所畏惧的姿态简单地移动。慢慢地，我们两个都停止了思考。

"扭扭"的身体大部分是由简单的材料和形式构成的，但它同样能对周围的环境做出积极的反应，和我相反，它好像更喜欢阳光，总是在我头上悄悄转向有阳光的地方。当我走得过快时，它会用手臂保持平衡。我确信它在按照自己的意愿移动，而且它的律动富有节奏，像一种音乐，不断地跟随着光在舞动，断断续续，一收一合。我故意用力晃了一下脑袋，它维持着平衡的样子与K星人见到弯灯时弯曲身体的样子如出一辙。

每天与"扭扭"生活在一起，互相摩擦的同时，我们似乎也刺激了双方的脑部活动——尽管我还是感知不到"扭扭"的脑袋，当我思考时，不知是我在思考还是"扭扭"在思考，"扭扭"是否也在扫描我？它会不会趁我不注意偷偷钻进我的躯体？此刻我是在自言自语，还是它想表达什么？有没有一种可能——它会尖叫着说要吃了我！

然而，猜疑并不能使我更好地了解它，只能让彼此的距离变得更远。

拉近我们的是一种想要一起活下去的奇怪而又静谧的能量。

它维持着平衡的样子与K星人见到弯灯时弯曲身体的样子如出一辙

与刚见到"扭扭"时不同的是，它藏在之前容器里的长长的触手好像得到了释放，在我的"脑子"里蔓延，这些触角触摸着存放能量石的地方，那是我身体中最敏感，也最重要的区域。奇怪的是，我能感觉到一股微弱的能量在流动。

"扭扭"好像在呼吸，它的呼吸像是一种信号，一种命令。

它一定是在我的头里寻找些什么。"扭扭"的触手已经缓慢地伸入了我的躯体，一收一缩，微弱的触感不断堆积，我也变得焦躁了起来，不停地挪动着身体，我开始不由自主地寻找着什么，却没有任何目标。

为了弄清楚原因，我再次查阅《地球之书》。

它需要阳光、水、空气、土壤、矿物质……好复杂，而我只需要一颗能量石。

根据书上的描述，我开始拿自己做实验，我的头变成了"扭扭"的新容器，希望它能习惯。

我最先找到的是土壤和矿物质。我用手臂不断地翻动地面，相比于挖掘能量石，这个动作简单多了。我特意挑选了一块颜色

它需要阳光、水、空气、土壤、矿物质……

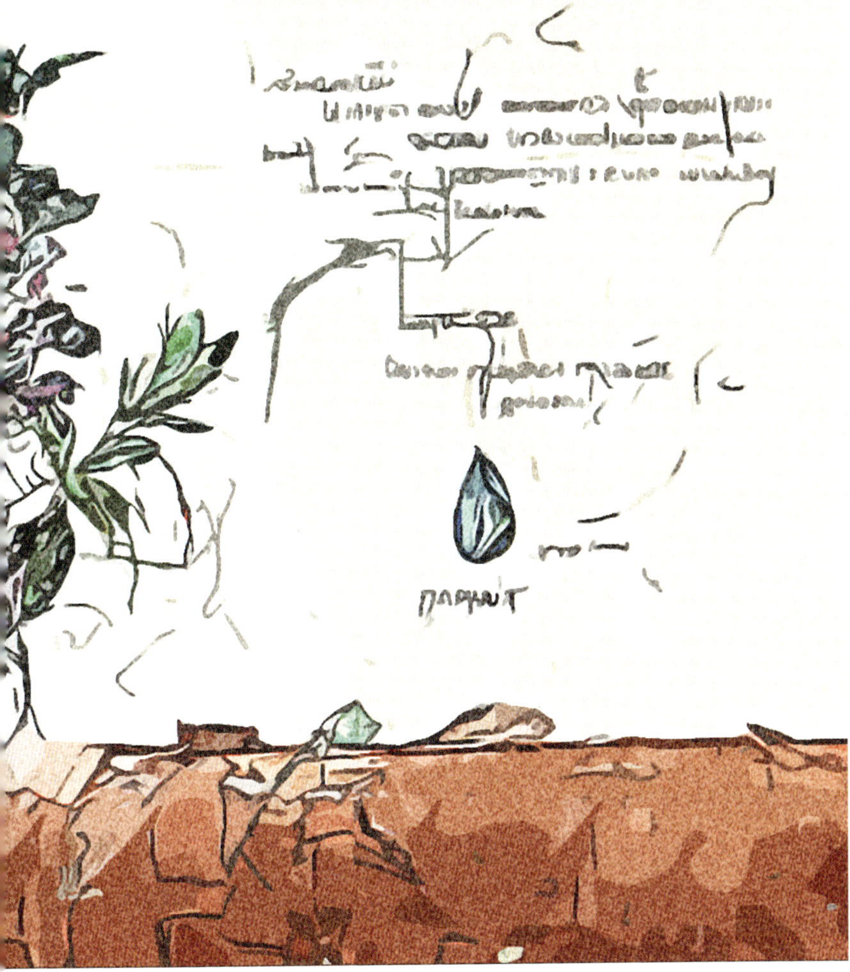

差不多、重量稍轻一点的土壤，堆满在"扭扭"的触手周围，它晃动了一下，比之前又迟钝了一些。我已经喜欢上了这几天轻松的感觉。

阳光是最难找的，它和《地球之书》中画的完全不同。

我盯了天空好久好久，但是永远找不到一条无限延伸的线，有的只是一个巨大的点，地球人称她为太阳。每当我扭头背对太阳的时候，我能感觉到"扭扭"好像在用身体与我对抗——它喜欢正对着太阳。时间久了，我的视觉系统感知不见的阳光好像真的出现了！天空中有一条隐隐约约的线，在我的头部周围来回跳跃，但又好像只是我的视觉系统出现了故障。我调整成最佳的姿势，和"扭扭"一起坐了下来。

水和空气是最难以捕捉的。空气就在水的上方飘着，所以我可以把他们打包带走。我就近选择了岸边冰凉的海水，然而我的手臂很笨拙，怎么也抓不住这蓝色的液体，我越是用力，他们就跑得越快，像发了疯似的跳起来，跳到我的身上。"扭扭"也抵挡不住他的攻击，抓着我一同滑倒在他的体内。蓝色的液体顺势流进了头里的土壤，随意地蔓延着。

我第一次产生了无法描述的感觉，像是喜悦，这种感觉显然不是感受装置的功劳。

我的目的达到了,"扭扭"的目的也达到了,它的周围再次生出了绿色能量,穿过我的脑袋飘在空中。

阳光下,它留下的影子依旧奄奄一息。

!<........>!

看不到的东西,往往是最神秘的。

看不到的东西，往往是最神秘的。

一天晚上，太阳落在了我们俩头顶的上方，持续不断的高温让我难以承受，可能也是"扭扭"的想法吧，于是我们躲进了飞船。在K星球，弯灯可以随意调整温度，K星人不能参与，只能适应基本不变的温度，长此以往对温度的敏感度便逐渐降低。

但地球不同，地球似乎需要不断调整自身的温度，是谁在控制呢？或许"扭扭"也是调控地球温度的一员。

我不断收集小岛上的气味、声音、颜色等元素，在我的飞船中模拟并重新创建相似的虚拟场景，为的是在我离开这里之后，还可以静静地待在里面，回忆岛上的一切。如果时间充足，我希望可以拥有整个小岛。

虽然整个小岛看起来更像是一片空地，不过偶尔出现的生物脚印让我兴奋不已，这些会不会是"弯灯"所说的地球人留下的呢？虽然这些脚印比K星人的脚印要小，但是形状相似，我莫名对地球人产生了一丝亲切感，虽然我还没有见过活着的地球人，但是隐约觉得它们或许可以救我。地球人是否存在于这个岛上？它们是否可以送我一块能量石？

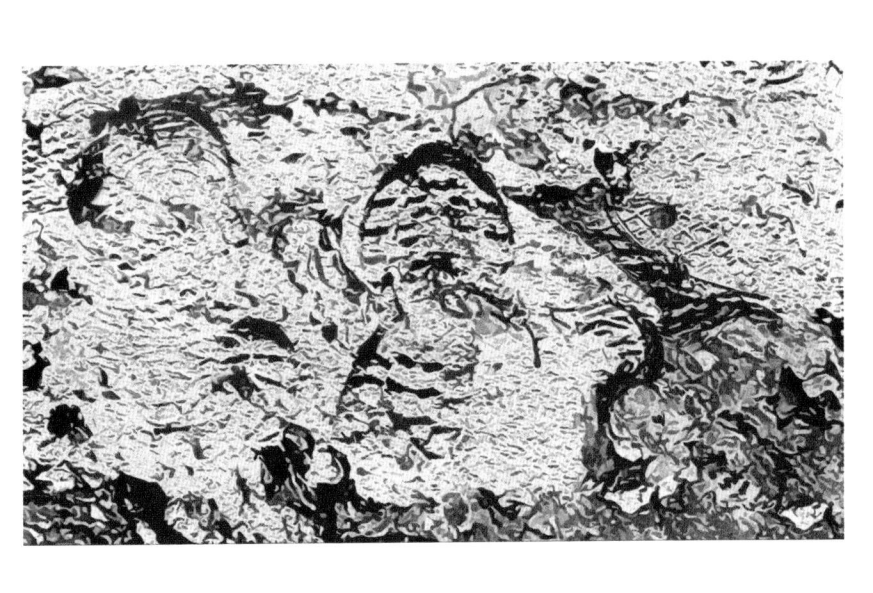

偶尔出现的生物脚印让我兴奋不已

我顺着不同尺寸的脚印向岛屿中心走去,感知系统中恐惧与希望并存,这种感觉随着脚印的消失而达到顶点。

果然,脚印的消失换来了一份"大礼"。原来这座小岛是多层结构,起码目前看起来小岛分上下两层,中心区域有个巨大的圆洞,深不见底,继续向下摸索则会看到一个神秘的地下植物世界。这里光线昏暗,只有植物被强光照射,它们形状奇特,有些甚至被不同粗细的绳索绑住,富有秩序感地排列在一起。

雾气与光的混合产物使得这里看起来又像是一个荒凉而昏昏欲睡的花园。

当然,昏昏欲睡的还有"扭扭",我严重怀疑它一直在控制我,老实说,我不知道自己为什么来到这里。我确实是自己走到这里的,很抱歉我可能有点精神错乱了,我拍了拍头上的视觉感知器。恍惚之间,我的感知系统警铃大作——如果这些比"扭扭"大十倍的植物是它的伙伴,那么这里更像是"弯灯"最早提到的"植物乐园"?

不管怎么说,我可以给"弯灯"一个交代了。

我竟然还在想着完成任务。

脚印的消失换来了一份"大礼"

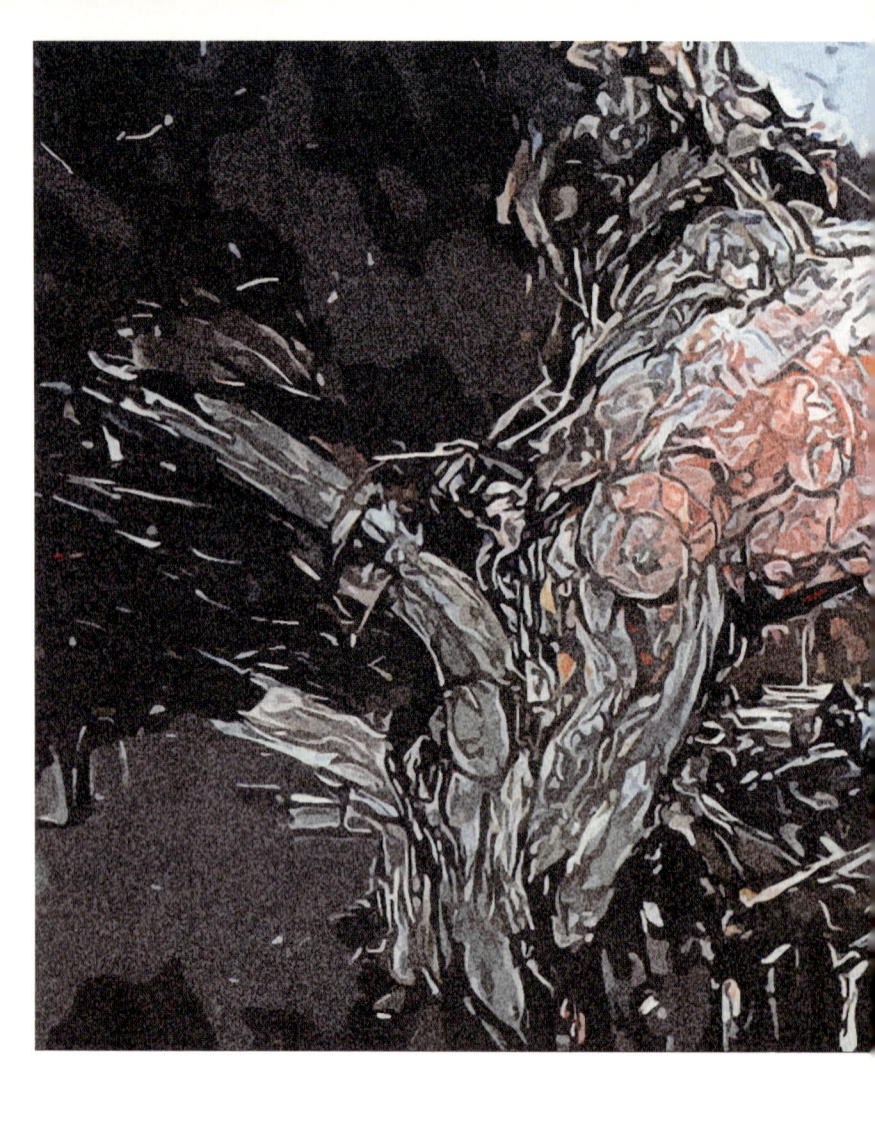

雾气与光的混合产物使得这里看起来又像是一个荒凉而昏昏欲睡的花园

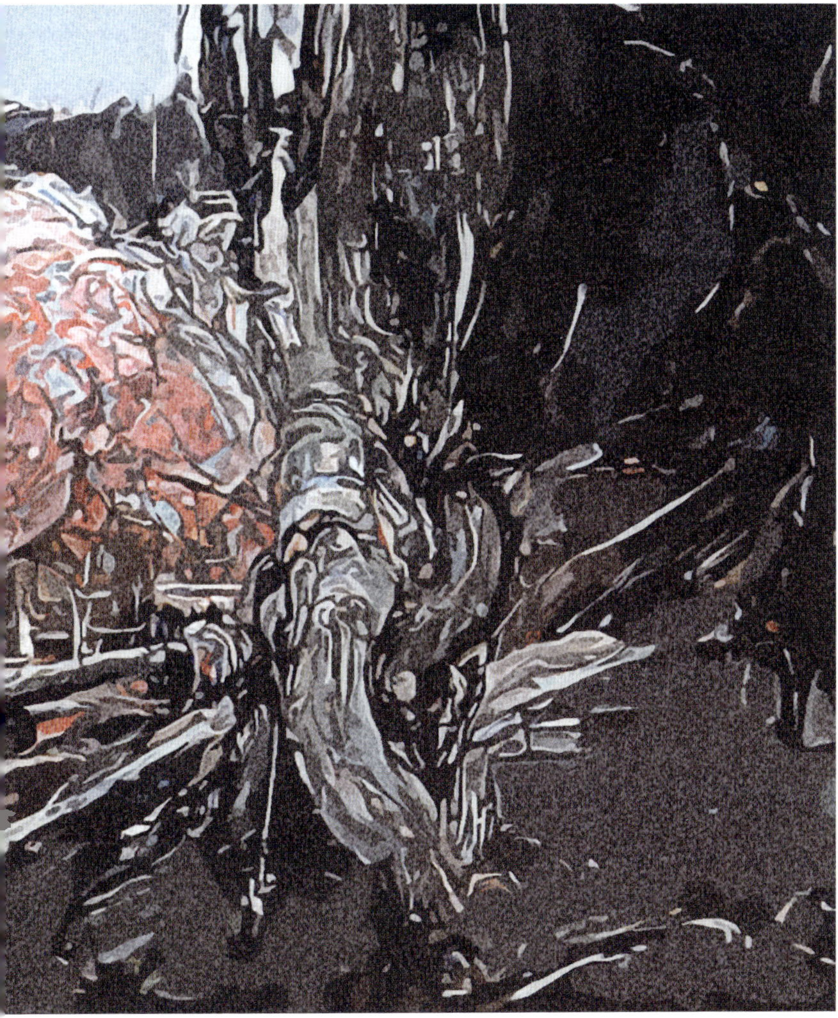

!<……>？

所有植物不仅互相连接，而且最终会在一株更大的植物下面汇聚，联结成一个整体。

阳光顺着上面的洞口投射下来,从左到右,从无到有,我知道,地球上又过了一天。

在地下的世界待久了,我的情绪感应装置也变成了抽象的灰色,并且不断蔓延,像是一种可以生长的东西,和这些耷拉着身体的植物伙伴如出一辙。其实这里的"巨型植物"比"扭扭"更加充满"生机",更像是"活的",它们的"战斗技能"被开发了出来,全都大幅度地移动着身体,这副吓人的模样好像是在争夺匮乏的阳光资源。

"扭扭"的动作幅度很小,就像两种风格完全不同的旋律同时响起。

但是这两种旋律都并不欢快,充斥着一种紧迫的催促感,一种生命力在慢慢消失的无助感。

飞船没有停下,我仍然没有放弃寻找能量石,依靠着微弱的灯光与不断移动的阳光,扫描着地底乐园的各个角落,然而飞船的能量已经不足以支持我回到K星。只有找到了"弯灯"所说的地球能量石,我才能活着回去。

我一边思考,一边拼尽全力扫描这幅诡异的场景。

我一边思考，一边拼尽全力扫描这幅诡异的场景

虽然没有找到活着的地球人，但我猜测这些巨型植物脚下的方形盒子是出自它们之手。盒子在控制植物的生长，似乎盒子越大，植物就越大，但是无论是怎样的植物，都没有一丝绿色能量附着在上面，这与"扭扭"形成了极大的反差，难道它们也有不同的阶级吗？

这些方形盒子由粗大的导管连接起来，闪闪发光，好像是在运输着什么。顺着繁杂的导管向乐园中心走去，我竟恍然发现所有植物不仅互相连接，而且最终会在一株更大的植物下面汇聚，联结成一个整体。

随着我和"扭扭"不断靠近，这些导管发光的频率越来越快，它们似乎也在交流着什么。

原本昏昏欲睡的"扭扭"努力地挪动着身子，像是用尽了最后的力气。这种地底环境好像并不如小岛那么适合"扭扭"，更奇怪的是，我的身体反应也不如前几天那么灵敏了。我的感知系统产生了一些近似于好奇的情绪，我想要弄明白这些巨大的植物是如何在这里生存的，当我走近方形槽，我看到了某种电子黑色固体铺满了巨型植物的根部，旁边标注了几个地球符号，我扫描后记录了下来：

"亚马孙活土,一种可以自我更新的黑色土壤,是园艺的杰作。"

虽然不懂园艺是什么意思,我还是直接用手臂挖出了一部分"活土"塞到"扭扭"的触角旁,希望它能老实点,也希望"活土"不会让我变傻。

亚马孙活土，一种可以自我更新的黑色土壤，是园艺的杰作

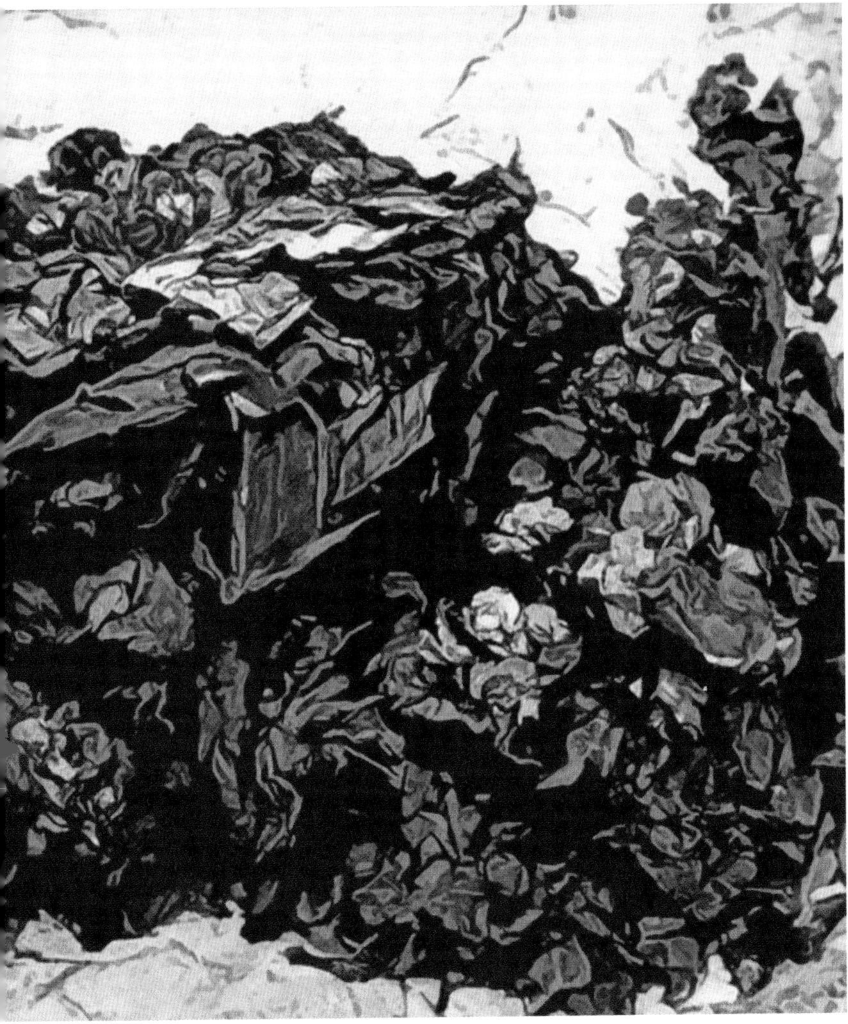

?<……>!

我在不同的星球做着相同的事情,都是为了活下去。

这一次醒来收到的是喜讯。

除了庆幸自己还活着,我发现"扭扭"好像也活过来了,看起来比之前更加挺拔。是因为见到了自己的伙伴,还是"活土"拯救了它?

我始终忽略了一个事实:按照之前的消耗速度,如果没有新的能量石的供应,我最多只能活三个地球日。难道是"扭扭"把它的生命能量分享给了我?还是说它本身就具有和能量石相同的力量。植物难道就是地球的"能量石"吗?

如果真是这样的话,"扭扭"也有耗尽的一天吧。

我径直走向那株最大的植物,发现它的方形槽比其他的更深,"亚马孙活土"也更多。我用手臂切断了植物的一部分身体,并挖走了一些"活土",像搬运能量石一样把它们运到飞船上。

与在K星球挖取能量石相比,这些要容易多了。

我在不同的星球做着相同的事情,都是为了活下去。唯一不同的是,一个是为了弯灯,一个是为了自己。

或许每个想活下去的生物都有这样的本能。

又是一个深不见底的洞！在我挖到一半的时候，槽中的"活土"开始向着中间汇集，挖到最后竟然出现了一个深不见底的隧道，大部分"活土"都流向了黑暗。

原来，整个小岛是一个同心圆，圆心的圆心仍然是一个通向别处的洞口。

我毫不犹豫地顺着"活土"滑落的地方飞了下去，带着"扭扭"，驶向另一个未知。

向下飞，直到地面慢慢变得平坦，再向上。

这条隧道并不笔直，它是一个巨大的半圆形，长度大概与我们K星球的周长差不多。隧道的中点是一大片堆积在一起的"亚马孙活土"，活土微微地蠕动着，像是有生命一般的沼泽地，无数导管插在上面，隧道的内壁上也长满了导管，它们吸吮着，运输着绿色的固体与"活土"。

漫长的飞行过程使我感到不安，我可不想在隧道中和"扭扭"一同死去。视觉感知器没有探测到终点，但我的听觉感知器仿佛听到了些什么，准确地说，一个嘈杂的夜晚。

只顾飞行的我不知何时飞出了洞口，洞口是朝上的，我飞到

圆心的圆心仍然是一个通向别处的洞口

了高空。直到视觉系统开始恢复，我恍然发现在我面前的是——

地球人，以及地球人所创造的一切。

第一眼见到的地球人，是闭着眼睛平躺着的。它们蜷缩在容器中，看不出来具体的模样，但似乎和我一样，每个人类都有一颗和身体不成比例的头。

地球人好像都在睡觉，它们的容器在堆满了人造建筑的上空轨道中滑行，速度比我的飞船还要快；轨道如同"植物乐园"中的导管一样向上延伸，将天空切割成一块一块。

地球人很喜欢睡觉吗？我很喜欢这样的睡眠方式，就连做的梦都不是固定的！

我的感受系统告诉我应该先躲起来，地球人的数量远远超出了我的预期。我开启了飞船的"印象模式"，飞船的表皮图案变幻为来来往往的"睡眠容器"的样式，它小心翼翼地载着我在空中穿梭，像是脱离了轨道。

地球人的世界，各种声音，各种颜色，各种形状，混合着搅拌在一起。我无法拥有地球人的情绪，那一定比我的感受系统有趣得多。

向下飞，直到地面慢慢变得平坦，再向上

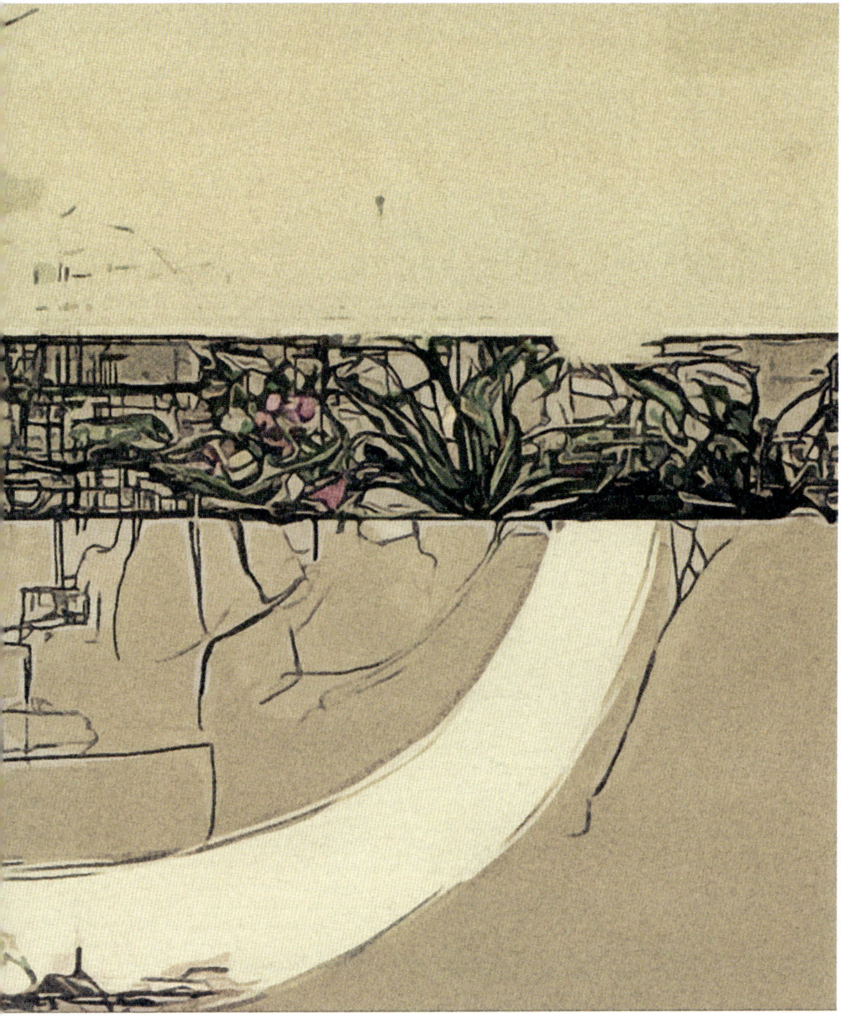

活土微微地蠕动着，像是有生命一般的沼泽地

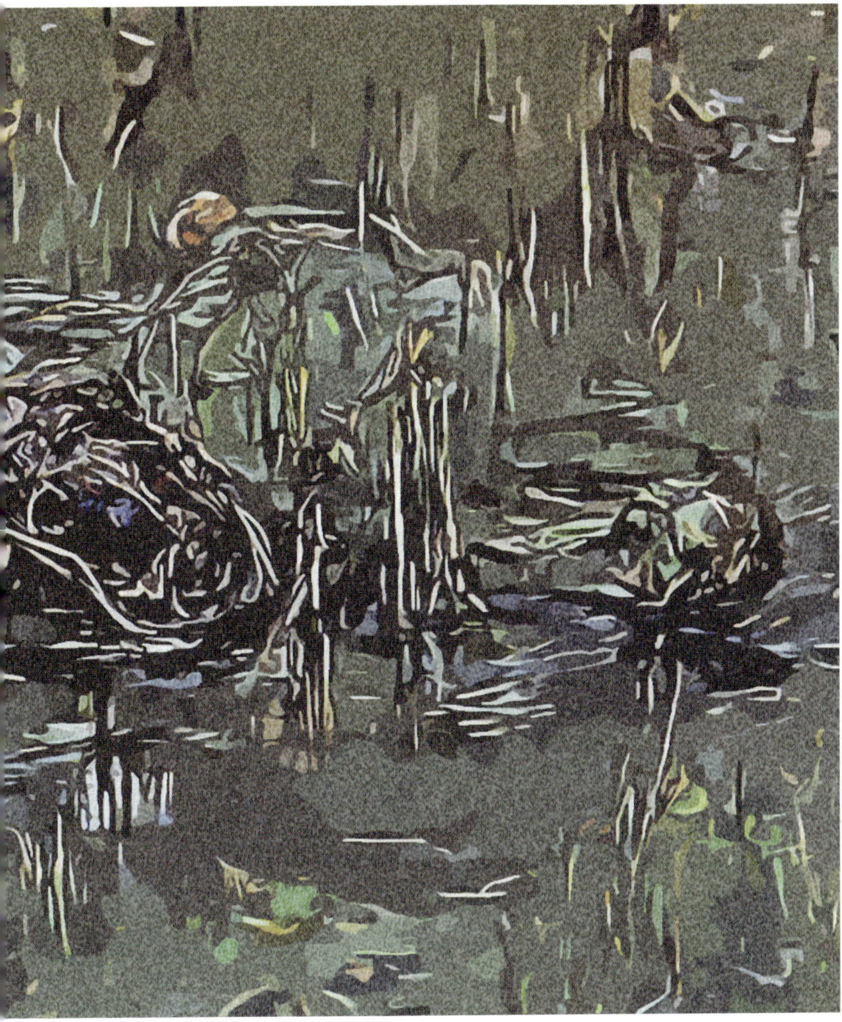

漫长的飞行过程使我感到不安，我可不想在隧道中和"扭扭"一同死去

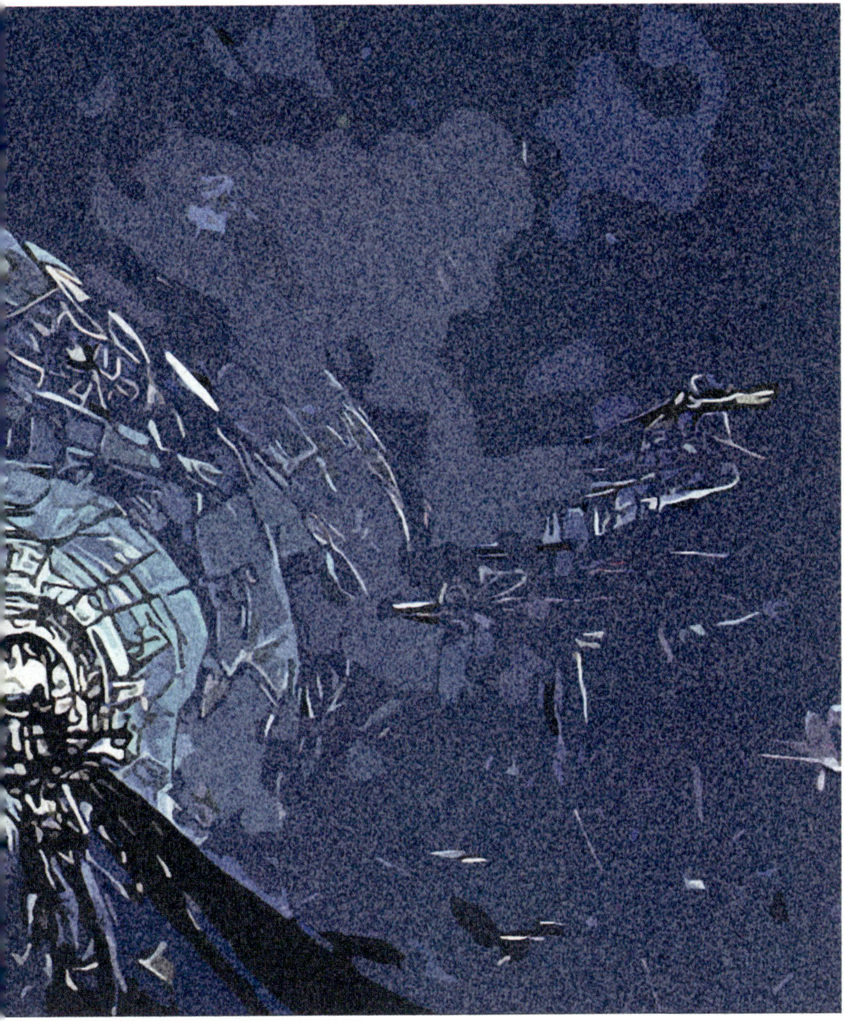

地球人，以及地球人所创造的一切

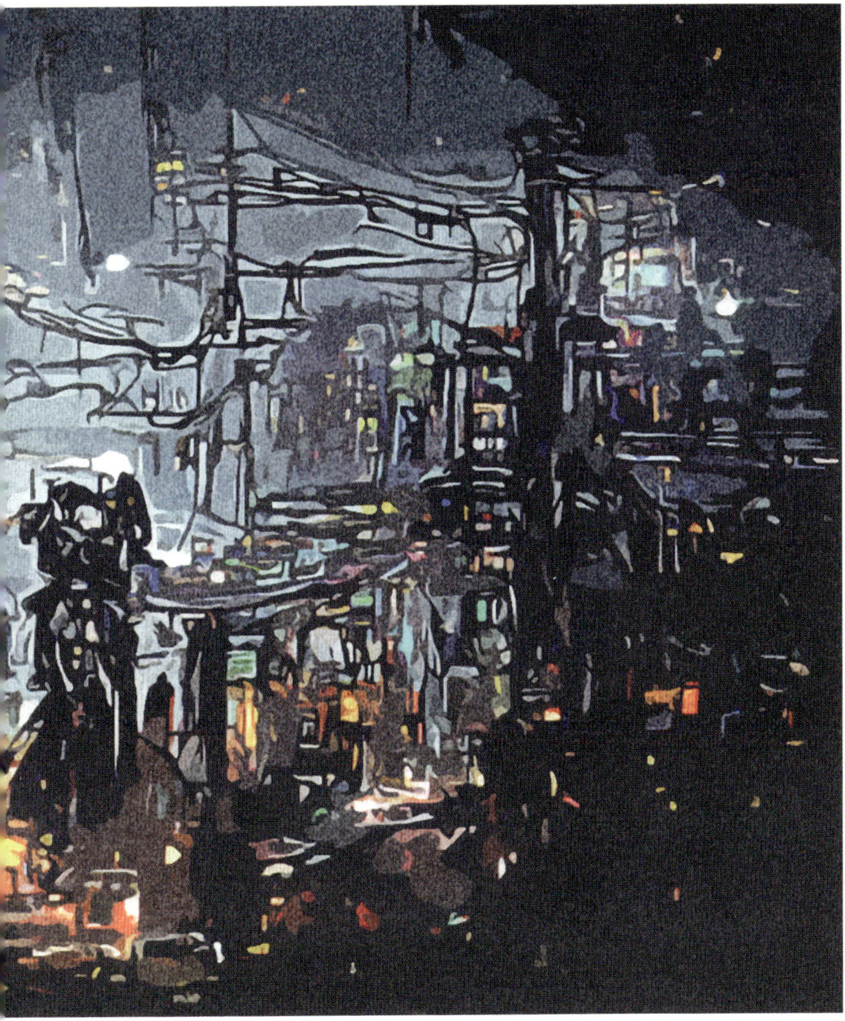

? <……> !

我所要面临的是双脚站立的世界。

我无法像地球人一样在飞船里放松地入睡，可以肯定的是，这一次降落之后，我的飞船将无法再次起飞，飞船的能量已经严重不足。

我所要面临的是双脚站立的世界，像地球人一样，想到这里，我既兴奋又恐慌。

随着我离地面的距离越来越近，地球人与各种大型机器合奏的旋律越来越清晰，越来越强烈！有些像能量石破裂的声音，有些像飞船厚重的舱门缓缓打开的声音，其余的声音太过于复杂，地球人是这方面的专家。

跟随直觉，我选择了一个人造建筑比较稀疏的、安静的角落，飞船停靠在一栋简易的建筑旁边，看起来没有什么攻击性，而且刚好能被遮蔽起来。

建筑中间的一株"植物"吸引了我，可能现在我的脑袋里只有植物了吧，事实也确实如此。但是它与之前见过的"植物"不太一样，一闪一闪的，在空荡荡的院子里显得格外亮眼。路过的地球人并不好奇，只有我向它靠近。

然而当我触摸它的那一刻，我的手竟直接穿过了它的身体。

一闪一闪的，在空荡荡的院子里显得格外亮眼

大概地球人也喜欢为自己制造回忆，它是虚拟的，是投影的魔术。

有些地球人却不同。

飞船旁边还有一座看起来更加复杂的建筑，说是复杂，其实就是表皮图案更加丰富，颜色更加多样，整体看起来好像更富有攻击性。另外，有一株植物悬挂在它的身体表面，不同的是，这个植物好像更加真实，它复杂的躯体像是来自"植物乐园"。失去了亚马孙活土的它似乎很内向，身体蜷缩在一起，仿佛它的生命随时会失去一般。

即使没有绿色能量，这株植物也被插在了最显眼的位置，像是特意为了引起别人的注意。

这一次，我与地球人的距离只有一墙之隔。说实话，我已经迫不及待地想和它们见面了，然而我还不知道如何与地球人交流。我们的语言并不相通，希望它们可以一眼认出我，也认出我头顶上的"扭扭"，然后把关于它的秘密告诉我。

只要它们不把我和"扭扭"插在它们的建筑上就好。

一个地球人像是听到了我的动静，发出了奇怪又恐怖的声音，从刚刚那座复杂的、插着植物的建筑内走了出来，还没反应过来，我与"扭扭"就完全暴露在了对方的视线中，我们一动不动，它也一动不动，只有头在上上下下移动，和我一样互相扫描着对方。

这一次我的感知系统扫描得很清楚。地球人比我想象中要小一些，它们有四只手臂，下面两只支撑着身体并控制身体移动。不可思议的是，在我的认知里，"四"才是既稳定又活泼的。它的身体表面看起来非常光滑，微微颤抖着，释放着气体。

这个地球人对我没什么兴趣，转身回到了建筑内，没过多久它又出来了。这一次它的动作明显变快了，径直朝我扔过来一块包裹着的球形人造物，张牙舞爪地向我说了一段完全听不懂的地球语言。人造物软软的，打开之后我发现它和刚刚那个人的皮肤很相似，里面还裹着一些散发着独特气味的椭圆形物体，像是一种食物。

它肯定是认错人了。

好吧，或许这层人造皮肤能够派上用场，惊人的皮肤弹性完全将我的身体包裹住，只露出了头和"扭扭"。

或许这层人造皮肤能够派上用场

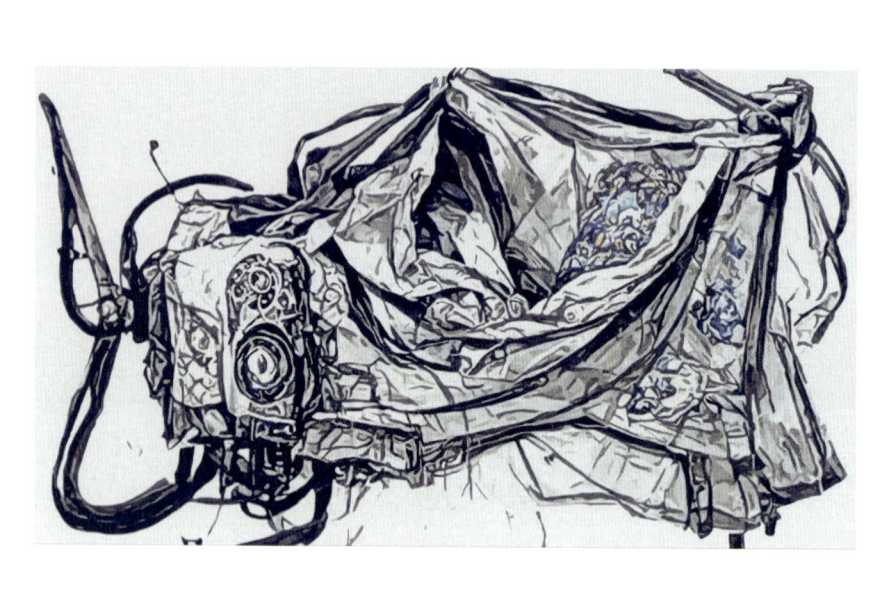

! <........> !

我是怎么到达这里的?这里还是地球吗?又一个未知的起点。

隐藏在人群中，我继续在人造建筑群中闲晃

短暂的休息后，我与"扭扭"继续向人造建筑更密集的地方移动。

相较于从空中看到的，地面上的地球人寥寥无几。

我模仿着它们行走的样子，将上半身抬得更高，然后把隐藏在身体下方的肢体多露出一点儿，下方的四只手臂藏起来两个，剩下的两个一个向前、一个向后地甩着。

没走几步我便摔倒了。维持平衡的古怪动作并没有吸引到周围的人类，它们只是看了我一眼就走开了。

阳光普照。

沿途看到的植物全都没有绿色能量。它们在不同形状的屏幕上跳跃着、闪烁着，像是宣传栏，每个星球惯用的手法。植物与人类有着奇怪的默契，当植物出现在屏幕上时，大多数人便会抬起头来，等到植物又被新的事物覆盖时，人类又低下头，继续做着之前的事情。

隐藏在人群中，我继续在人造建筑群中闲晃。

地面上插满了各种各样的人造建筑，我的扫描器探测不到它

有些人跳着移动，有些人喜欢爬，还有些人挥舞着手臂飞了起来

们的全貌，只能启动想象系统。人造建筑也长出了各种器官，动来动去，不同的颜色与材料在空中划来划去，看不出来明显的区分。

与第一个见到的地球人不同，这里人类的身体不再光滑，变得复杂了起来。它们的肢体像是拼接起来的，器官与皮肤在每个时间单位里都在对抗，只有头看起来相对稳定。

人类移动的方式也不尽相同，有些人跳着移动，有些人喜欢爬，还有些人挥舞着手臂飞了起来。

突然，天空中有大量不明液体落下，密密麻麻，有些地球人张开了嘴，一动不动地向上看去。我与"扭扭"躲进了一个三角形的遮挡物下，模仿着旁边地球人的动作，用人造皮肤的上半部分盖住头部，希望能给我的植物伙伴一点点安全感。

一瞬间，人造皮肤的某个装置吸住了我的视觉感知器。

我们进入了另一个"岛"！

视线渐渐模糊又渐渐清晰，就像是刚刚醒过来一样。眼前许多生物在不断地跳来跳去，它们与刚刚见到的地球人身体形状相似，却有着更长的手臂，又如小虫一般挪动着身体。

模仿着旁边地球人的动作，用人造皮肤的上半部分盖住头部

这个岛并不陌生！看上去和之前的岛差不多大，唯一不同的是这里不再空无一物，而是插满了各种各样的植物，有些比我大10倍，有些比我头上的"扭扭"还要小很多。它们用不同形状的触手互相缠绕着，身体周围还有不断流动着的淡蓝色液体，植物与液体之间好像在交换着什么，悄悄地在空气中散发着信号。整个环境变得不再透明，而是一种模糊的感觉，同时也出现了一种奇怪的吸引力。

这些植物与"扭扭"不同，虽然从外表上很难分辨出来，但我未曾看到绿色能量的存在。

继续往里面走，我的视觉感知器看到了许多发着蓝光的怪异植物。说是"怪异"，归根到底也只是我开启地球之行以来有限的感知范畴内的主观感受。它们材质相同，形状各异，有些悬浮在空中，有些被长臂人疯狂地捧在手里，穿梭于岛上的每一个角落。

这里是哪里？我是怎么到达这里的？这里还是地球吗？

又一个未知的起点。

我习惯性地扫描着新的场景，虽然看不懂人类的文字，但是

我们进入了另一个"岛"

整个环境变得不再透明,而是一种模糊的感觉

同时也出现了一种奇怪的吸引力

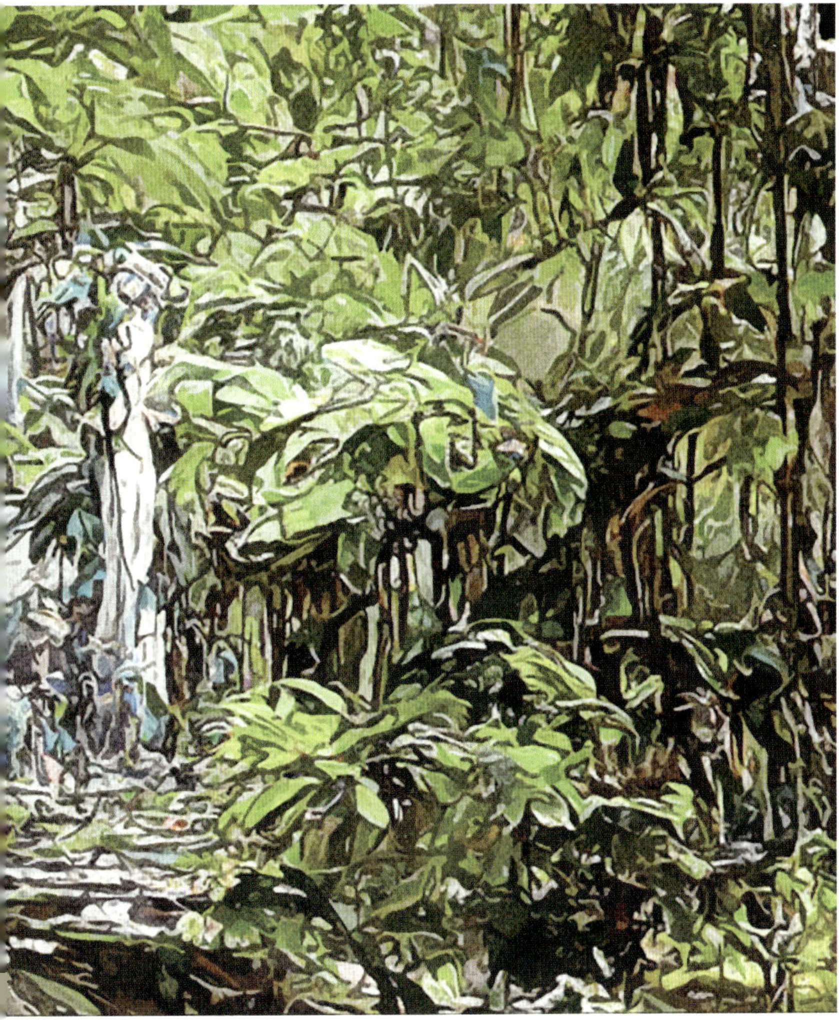

能清晰地扫描出天空中悬浮着一个巨大的符号——G。"植物商店""植物竞猜""抓植物"等鲜艳的符号附着在大型机器上，散发着微弱的光。

还好"弯灯"在每个K星人的扫描装置中安装了外星语言文字符号的翻译器，但是我依旧不知道这些巨大的机器在做什么，只是看得出来这些长臂人很喜欢与它们互动：人们围在一起手舞足蹈，不断地往里投入一些球状发光物，兴奋着，尖叫着。

长臂人的四肢也变得十分不协调，像是没有筋骨一般甩来甩去，跳起来又重重地摔到地上，还有一部分长臂人拿着一些怪异的植物互相交换。

这个世界的一切从我的认知中逃离，植物也变了样子，或者说成了一种拼凑起来的东西。

我渐渐忘记了为什么要留在这里。

不知道这些巨大的机器在做什么，只是看得出来这些长臂人很喜欢与它们互动

? <........> ?

我怀疑这个世界是虚拟的，可是它又那么真实地触摸着我的身体。

这个岛屿没有黑夜，时间变得无法计算，我不知道是过了一天还是十天。

我怀疑这个世界是虚拟的，可是它又那么真实地触摸着我的身体。

相比于那些疯狂的长臂人和发着强光的机器，我更偏爱一个叫作"0813"的小东西，它远离热闹的人群，在密集的植物群中躲藏着。

"0813"是双层结构，由一个旋转楼梯连接。第一层是一个圆形空间，不同种类的发光植物聚在中央，忽明忽暗的光从植物体内散发出来，并将它们的身体融合在一起，只留下了轮廓；第二层与第一层的空间大小相近，只是边缘处多了几台奇怪的机器在不停运作，与飞船的驾驶舱差不多。

一个人一动不动地坐在楼上的椅子上，那人时不时看两眼机器，对我的存在毫不关心。

我在发光的植物周围待了很久，它们不像头上的"扭扭"，也不像之前在建筑墙上看到的那种"投影"，它们有着实体般的存在，重量却比"扭扭"更轻。单一的颜色与属性让我看不出它

我更偏爱一个叫作"0813"的小东西

它的周围布满了尖尖的刺，如同一个会呼吸的能量石

们的其他动作，它们只是程式化地摇来摇去，像是提前预设好了角度。

那个人发现了我，朝我扔了一个发光的球状物，说了一些我听不懂的话，然后用手指了指对面标注着"植物竞猜"的机器。

长臂人正朝机器里扔球状物。

我没有选择立刻扔进去，而是小心地托着这个球状物，用我的视觉系统来感知：它的周围布满了尖尖的刺，如同一个会呼吸的能量石，随着身体一张一缩，刺也时大时小。它好像在生长，好像有一个目标，随机的目标。

我离开了"0813"，带着一个随机的目标走来走去。

这里的长臂人喜欢猜测不确定的事情。

六个人围坐在一个标着"植物竞猜"的机器面前，心照不宣地拉开一段距离，各自操作着一块参数面板，容器内有一个更大的球状物，简直就是把发光的小球放大了一百倍。我将这幅场景进行了扫描，意识到这些"小球"都将被投入一个标着"虚拟种子池"的地方，或许投得越多，机器会叫得越大声。

容器内有一个更大的球状物，简直就是把发光的小球放大了一百倍

原来我手里的小球是虚拟种子，将来有可能会变成一株发光的植物，也有可能被扔来扔去。

为了让容器内的巨大种子长成它们想要的样子，长臂人一边叫喊着，一边投入新的虚拟种子，并操纵着容器内的环境参数：强烈的高温、降水、光照同时作用在上面，即使知道种子是虚拟的，我也仿佛能感受到它在容器中被迫疯狂变化的无奈与疼痛，因为"扭扭"也在我的头顶晃动了起来。

短短的时间内，这颗虚拟种子竟变成了一朵发光的植物，从种子的中心处跳了出来，它长相奇怪，悬浮在容器的中央，旋转着并展示着自己。

有个长臂人跳了起来，或许它猜对了。

就在我惊讶于眼前的巨大植物时，一大群长臂人把我挤到了另一个巨型球形机器面前，那台机器上面写着"抓植物"，还有一个巨大的爪子在机器内部晃来晃去，这个球形机器是由两个半圆形的容器上下组成，中间是镂空的，宽度刚好足够长臂人把头伸进去，下面的容器内长有一株有着奇怪触手的植物。长臂人不断地朝它扔着虚拟种子，排着队一个接一个操纵着爪子不断地上上下下，长臂人也跟着上上下下；种子被一个一个地吞掉，这些

巨大的机器循环着,长臂人像爪子一样,什么都没抓到。

长臂人也想钻进容器里看，恨不得跳进去抓。

巨大的机器循环着，长臂人像爪子一样，什么都没抓到。

我试图逃离人群，即使我用头触碰它们的身体，它们也丝毫不在意我的存在，但是如果碰到它们捧在手里的植物，它们便会缩回去。

长臂人越来越多，拥挤的队伍把我推到机器的面前。轮到我了。我只能像它们一样把仅有的种子投了进去，连续拍了三下机器上的按钮，不同的是，爪子几乎没有在轨道上移动就直接甩了下来，但这一次它的目标有些诡异，朝我的头部直接伸了过来。

我这才意识到，"扭扭"还在我的头上，爪子不会认为它是这里的植物吧！

我跑开了，我的脑袋与"扭扭"同时撞向了长臂人，引来了它们的注意和闲话。

?<........>？

我回到了最初的世界，一个没有植物的世界。

戛然而止。

世界突然变黑了，又变亮了。原本人造皮肤里的头戴式装置掉在了地上，我回到了最初的世界，一个没有植物的世界。

雨还在下着，我却被当作"一棵会走路的树"出现在地球人的宣传栏上，生活里原本的植物也被替换成了我和"扭扭"，背景则是刚刚那个植物世界，虽然不明白是什么意思，但周围的地球人开始注意到我俩，它们交流了两句，缓慢地走来。

我们竟然成新的广告，这像是地球人喜欢的东西。

我与"扭扭"正准备离开的时候，五个身上有着"G"符号的地球人把我俩围住，它们好像早早就在这里等着。这五个人的眼睛被黑色镜片挡住，身高比平常看到的地球人都要高一点，它们的黑色外衣透不进一点光亮。

我被顺势推进一个黑色的建筑内，整个过程就像是切割技术，我所看到的一切都被黑色所切割了，只剩下断断续续的画面。

黑色停留在一张用木头做的桌子面前，桌子中央刻着"G"符号。

我却被当作"一棵会走路的树"出现在地球人的宣传栏上

五个身上有着"G"符号的地球人把我俩围住

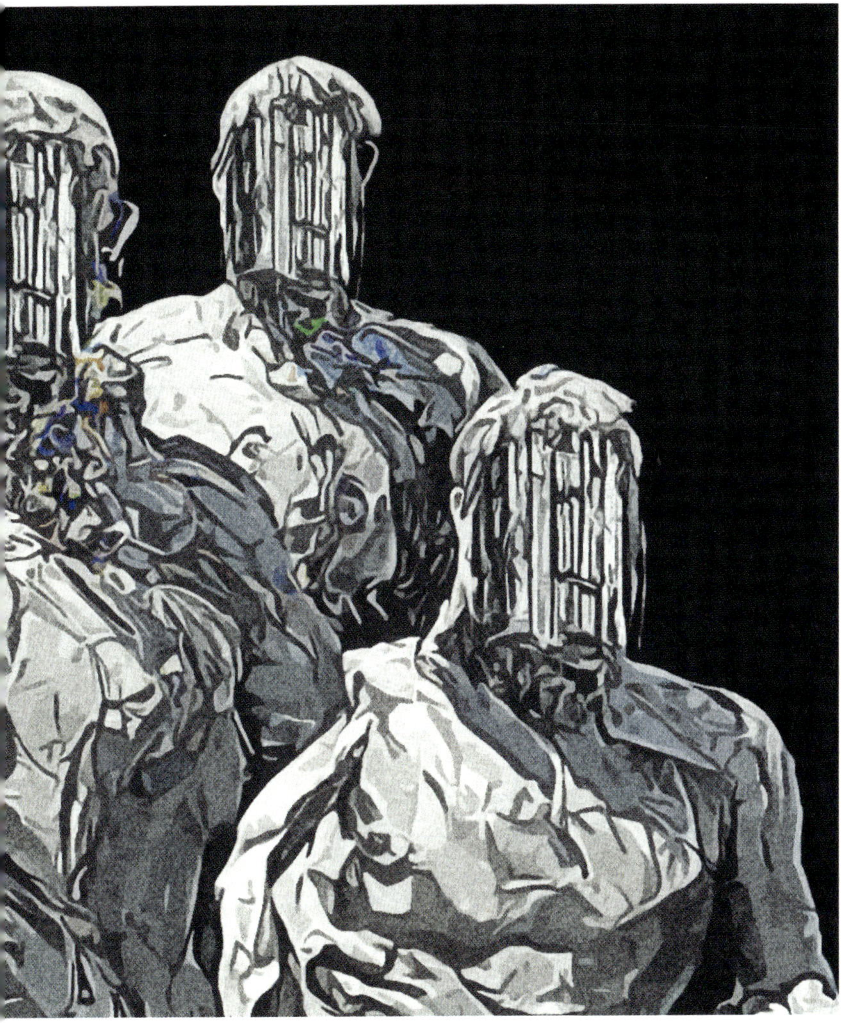

这五个黑镜人有序地坐在我的对面,同时发出声音,是地球人的语言。一开始我完全听不懂,后来它们发出的声音竟然慢慢地变成了 K 星语。原来不知什么时候,人类在我的听觉语言感知器上——也就是我的额头——粘贴了一个薄膜,这个薄膜像是一个透明的过滤器,将地球人的语言和 K 星语进行了转化。

黑镜人变得更加神秘,我和"扭扭"轻微地挪动身体。

我问它们是否能帮助我找到能量石,它们点了点头,眼睛却直勾勾地紧盯着我的头顶。

即使转化为了 K 星语,我还是很难明白黑镜人的意思,但是它们好像明白我的意图。

我描述了刚才所看到的"发光的植物世界",并询问这个世界有没有"扭扭"的伙伴。它们又兴致缺缺地点了点头,并告诉我"扭扭"并不属于这个世界,它不是植物,真正的植物是巨大的、手舞足蹈的。

我不相信,"扭扭"也曾在我的头顶跳舞,只不过比较拘谨。

黑暗中能注意到的事物非常少,只有空空的桌面和黑镜人的脸部。当我问到为何要把我带到这里时，它们默不作声，只是一直盯着我的头看。

没过多久，脚下的黑色开始缓慢上升，直到没过了我的下半身，建筑似乎也悬浮在了半空，就像在地面上一样平稳。桌子的正前方竟然出现了一扇发着白光的门，里面什么也看不到，门框上好像有植物生长，僵硬又柔软。

强光与黑暗一样，我的视觉系统探测不到背后有什么。

五个黑镜人再次起身，将我推了进去。

门内的世界被灰黑色填满，黑色的线条有序地编织在一起，分布均匀。环顾四周，我找不到其他颜色与亮光，不确定这是不是另一个虚拟世界。当我靠近，我发现这里排列着一排排装置，看不到尽头，每个装置旁边都坐着一个身形怪异的地球人，装置里也有一个，它一动不动，赤裸的身体浸泡在蓝色液体中，仿佛已经没有了力气。它们戴着和肩膀一样宽的球形眼镜，身上插满了黑黑的管子，不知道管子里流动着什么。

装置被关合上了，只剩下了头和眼镜露在外面。强烈的光从装置内射出来，但也就只持续了几秒钟。

门框上好像有植物生长，僵硬又柔软

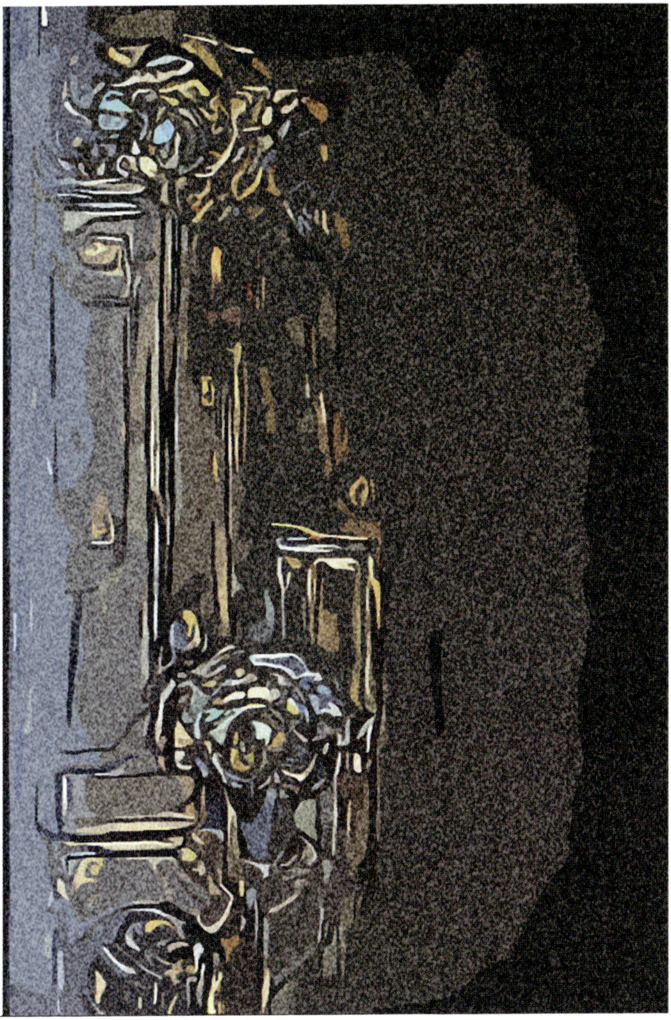

门内的世界被灰黑色填满，黑色的线条有序地编织在一起，分布均匀

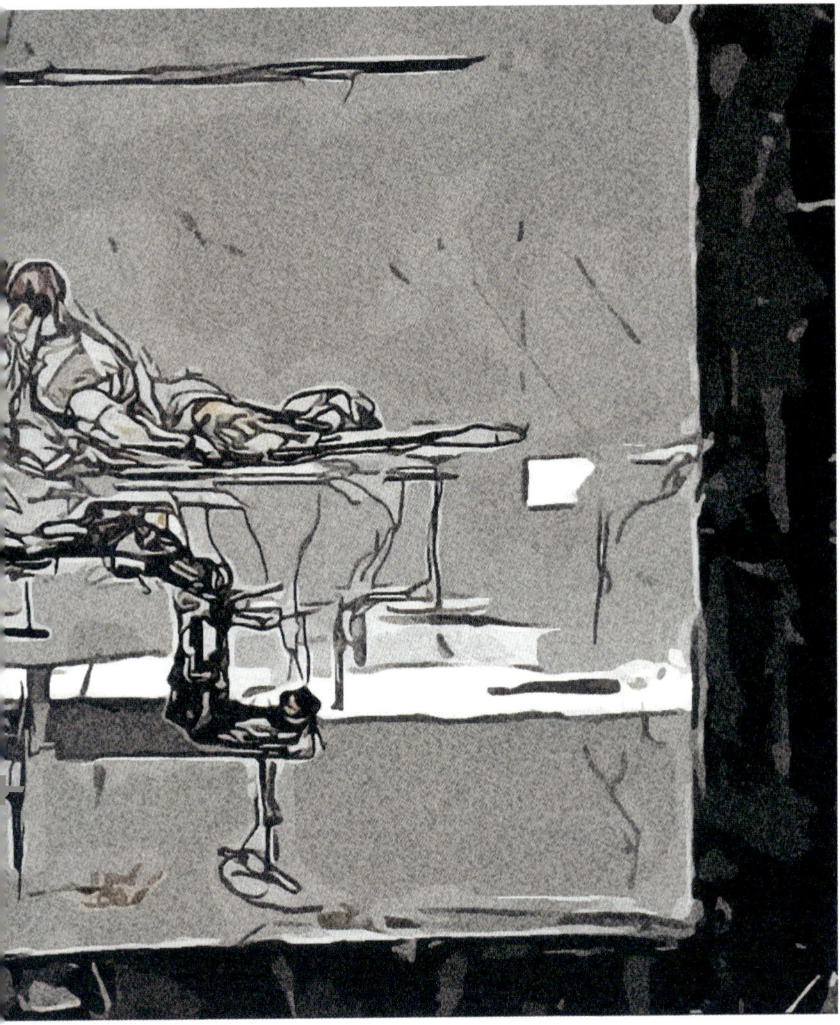

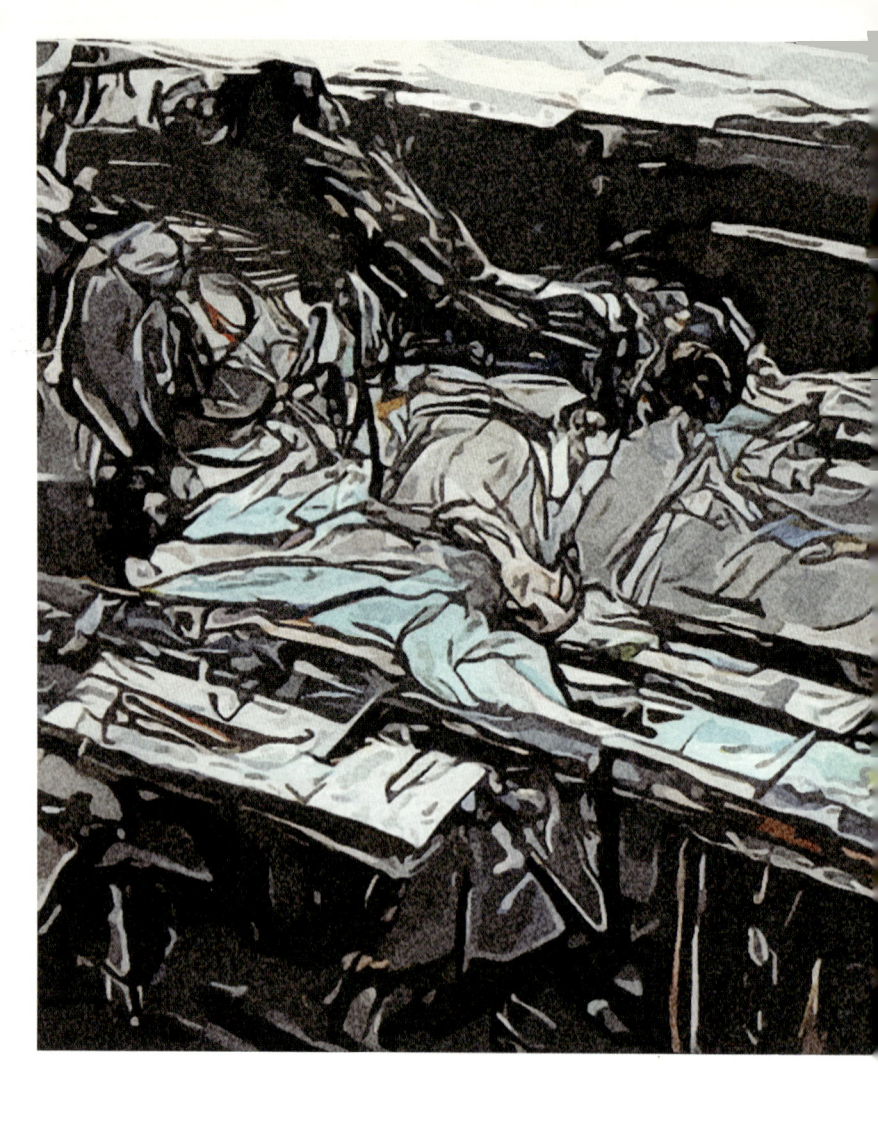

赤裸的身体浸泡在蓝色液体中,仿佛已经没有了力气

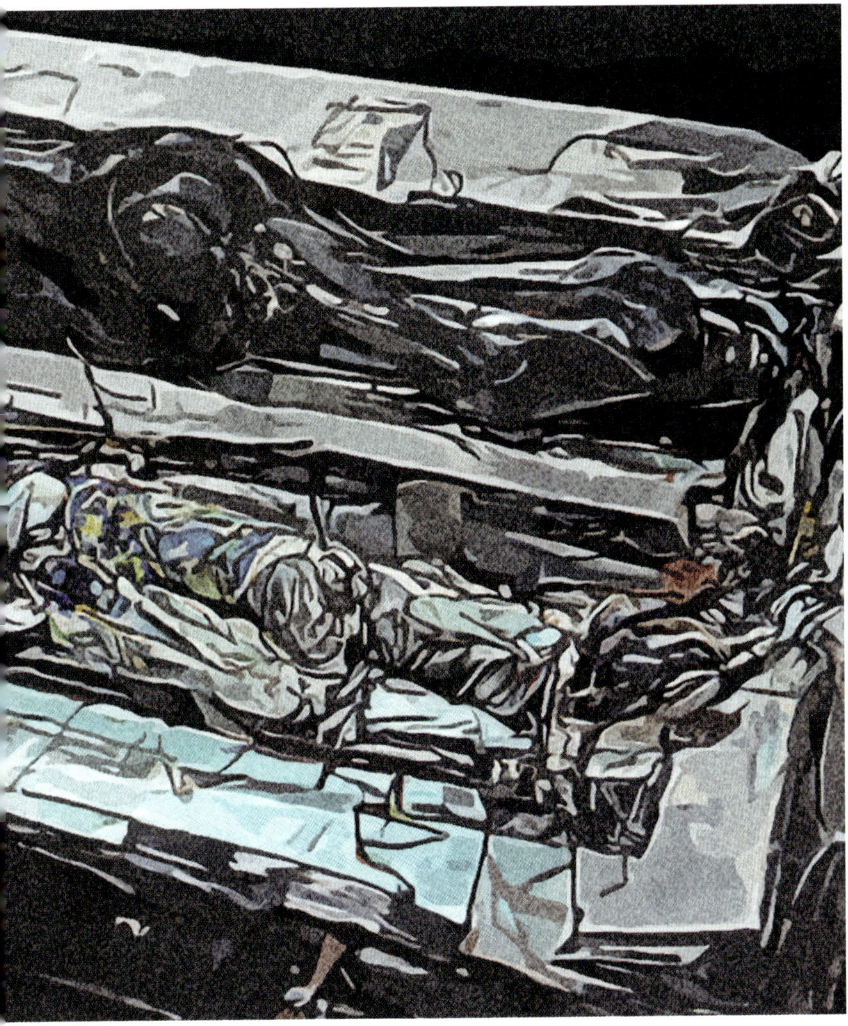

正当我看得入神，五个黑镜人再次将我的视野涂满了黑色，我的感知系统告诉我它们依旧站在我的面前，眼睛仍直勾勾地紧盯着我的头顶。它们从身体里不知哪个部位拿出了一颗能量石。

那个瞬间我有点儿不敢相信。

它们好像知道我的秘密，也知道我想要什么，我开始怀疑是不是额头上的语言转化装置可以读取我的想法。它们也终于说出了目的，但更像是要求——它们要用能量石来换取我头顶上的"扭扭"。

显然，黑镜人也喜欢植物。

我怔怔地站在原地，什么也想不出来，想象模式为我构建了"扭扭"被替换成能量石的场景。

＊<.>＊
我拒绝了

我拒绝了,是"扭扭"替我做的决定。

?<.>?

我当然更希望活得久一点,
同意,是最安全的选择。

它们没有死心,还承诺给予我大量的能量石,足以支撑我回到 K 星球。

我依然待在原地。我当然更希望活得久一点,同意,是最安全的选择。

然而这一次,黑镜人没有等待我做出决定。它们向我逼近,周围环境的灰白色被它们黑色的表皮覆盖,我的感知系统再次失灵,只好开启想象系统。

! <...> !

我竟然再次看到了弯灯的标
志

黑暗中好像出现了一个发光物体，我的手臂突然无意识地抬了起来，身体向下弯曲。

难以置信，我竟然做出和在K星球同样的动作——是弯灯的标志，我竟然再次看到了弯灯的标志！这一次不在天上，而是黑镜人的身上，在它们的身体里！

一瞬间，几个黑镜人用一种温度极高的武器控制住了我的手，使我难以用力，虽然我什么也探测不到，但是模模糊糊地觉得是一个锥形武器，像是"扭扭"赋予了我另一个视觉系统。这个武器比能量石软很多，但是怎么也切不断。

我的头被重重地压在身前，黑镜人试图打开我的头部取出"扭扭"，我剧烈地扭动着身体，拖延时间。

依然什么也探测不到。

我感觉到自己被捆绑在一个容器中，容器内含有少量温度极高的液体，之前地球人送我的那个人造皮肤开始慢慢熔化。我的身体动弹不得，只有脑袋和"扭扭"暴露在温度正常的环境中，我意识到自己正处在刚刚看到的那一排排装置里。

一个巨大的物体罩住了我的头，明显比刚刚地球人头上戴的大上了许多,像是专门为我设计的。

  黑暗的世界只亮了一瞬间,又再次陷入彻底的黑暗。

！<………>！

它毫无遮掩的后背上布满了方形裂缝，像是切割后留下的，也像是插在上面的东西被生生拔了出来。

时间再次停止,并在之前的世界延续。

我又再次回到了那个满是植物的世界,植物依旧活泼,不同的是长臂人不再分散于各个角落,而是聚在一起。它们似乎对那些大型机器产生了更为浓郁的兴趣,前赴后继地爬上去,用手狠狠地敲打着,变得更加疯狂,移动速度也是之前的两倍,它们头顶上"虚拟种子数量"不断地上下浮动。

长臂人手里等待被交换的植物组合体也愈加奇怪,有些叶子表面的缝隙里长出了奇怪的花瓣,密密麻麻,几乎看不到原有的颜色;有些植物的根部缠绕着一个巨大的球,像是某种生物的头;还有些植物的花开出了另一株植物,连成长长的一串,外形各异。

我闲逛着,翻看着回忆和扫描的场景,熟悉的"0813"让我感到一阵轻松。

相比于空旷的K星球,植物是更好的参照物,如果K星球也长满了植物,我一定可以更快地找到能量石。

这一次,待在二层的那个人坐在了门口,它正盯着一个地方,盯了好久。

我走近向里面望去,之前一层的发光植物只有几株残存,有些只剩下了长长的根茎,仍然活泼地摇摆着。再向里望去,二层的屏幕闪闪发光,一株长得和"扭扭"十分相像的植物在屏幕里旋转,旁边标注着:"大热潮目标""100000000GMB"。

突然,一个长臂人冲了进去,熟练地把仅有的几株植物连根拔起,同一时间,大量的虚拟种子从它体内掉落下来,撒了一地,又渐渐被地面吞噬。它又跑去了二层,将两种奇怪的植物放在了一个长有触角的机器里面,没过多久,一株新的植物伴随着强光出现了。

奇怪的是,那个长臂人并没有停止,它继续重复着刚才的动作。

新的植物不断出现,但都和"扭扭"有相似之处,要么是颜色,要么是触角,要么是惰性的状态。

"扭扭"还好吗?我用力地晃了晃头,它好像也明白了我的意思,晃了晃身子回应我,和惯性不同,像是一种反抗。

直到一株开着花的植物出现了,好像代表着什么,那个长臂人重重地把它摔在地上,冲出了"0813"。

它们前赴后继地爬上去，用手狠狠地敲打着，变得更加疯狂

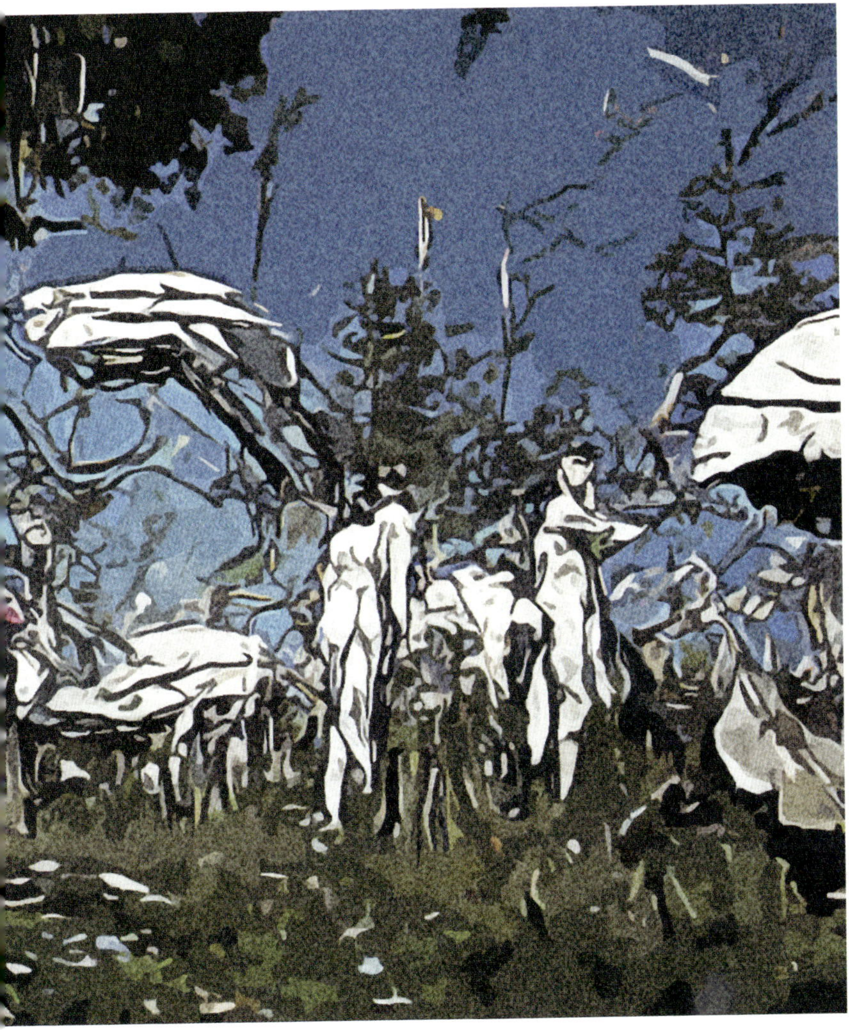

那个长臂人并没有停止，它继续重复着刚才的动作

我想要探测一下到底发生了什么。

在我准备离开时,我又瞥到了那个一动不动,坐在一层门口的人类。

它的手臂并不长,毫无遮掩的后背上布满了方形裂缝,像是切割后留下的,也像是插在上面的东西被生生拔了出来。它抬起了头,盯着上方的树冠。

它之前一定是经历过什么。

! <........> !

它的颈部被撕裂开来,头与身体一分为二。

回到了热闹的地方。

不知是因为长臂人数量增多,还是它们行动过快,原本毫无缺口的土壤上多出了很多方形的裂缝,大小刚好是一个长臂人的宽度。当它们走到裂缝上方,会有短暂的停留,然后便慢慢地陷了进去,像种子进入土壤一般。

裂缝之下会是什么?大量的长臂人不断涌入。

我想要探测一下到底发生了什么。

忽然,我感到头部在抽离,一种难以描述的感觉爬到了我的身上,一种被掏空的感觉撕扯着我的身体。等到了快要断裂的临界点,我的脑袋中回响着高频的尖叫声,那声音既不是我,也不是其他长臂人发出来的。渐渐地,我的感知系统变得迟钝,视觉系统也时好时坏,一闪一闪的,我无法控制自己的身体。

我开始下陷!

脚下的裂缝不像是方形,却完全符合我的身体形状,像是专门为我设计的。眼前突然出现了好久未见的绿色能量,它们突然出现又瞬间消失,变得越来越小,越来越微弱,跟随着我的脑袋移动,怎么也摸不到,像是贴在了我的视觉感知器表面。

原本毫无缺口的土壤上多出了很多方形的裂缝

地面离我越来越近，直至与我的头齐平，只有"扭扭"露在外面。

不一会儿，我感到头部受到了撞击，地上的长臂人试图打开我的头，它们认出了"扭扭"，用力敲打着，还好有个罩子，不然又要被"切割"了。

我还在下陷，地面以下的光很微弱，只能看到几个长臂人的下半身悬挂在周围，它们的身上插满了导管，从下方深不见底的地方延伸过来，什么也看不到，导管内蠕动着绿色的物体，进入到长臂人的身体里，又出来，反反复复，像一颗奇怪的种子，却长得不像虚拟种子，比虚拟种子光滑，也更小。

长臂人抽搐了一下，身体也开始缩紧起来，又放松了下来，不断重复着。

为什么这里的环境让我感知到了同心圆小岛下方那个"植物乐园"的气息？我翻看着回忆。

和那里不同的是，巨型植物变成了一个个悬挂着的长臂人，失去了强光的照射，它们不再活泼，脚下也没有方形槽，只有无尽的黑暗。

这一幕似曾相识，导管内的种子与之前在隧道中看到的绿色物体非常相似！我的感受器突然颤抖起来，恐惧渐渐涌入我的四肢。我隐隐感受到这里可能是隧道的一部分。为什么它们会连在一起呢？下方看不到的黑暗又会连接到何处？

可是这里明明是虚拟的世界……

我什么也做不了，身体动弹不得。没过多久，我清晰地看到右边长臂人的皮肤表面颜色越来越深，裂开了一个方形孔洞，慢慢长出了纤细的植物！随后整个人变得更加透明，它的肚子周围突然生出了大量的虚拟种子，直至撑满整个身体。

皮肤表面的植物生长得很快，短短的时间就占领了它的身体，不愿放弃一点儿空隙。

这些植物长得一模一样，都很像"扭扭"！它们变成了"扭扭"的复制品还是伙伴？我用扫描器将这一切死死盯住。或许它们生长得太快，有些已经开始变得枯萎，没了力气，趴在长臂人的身上垂了下去。长臂人体内的虚拟种子也在生长，慢慢变大，从皮肤裂口处顶出，一下一下地把枯萎的植物全都挤了下去，不知挤到了哪里。

和那里不同的是,巨型植物变成了一个个悬挂着的长臂人

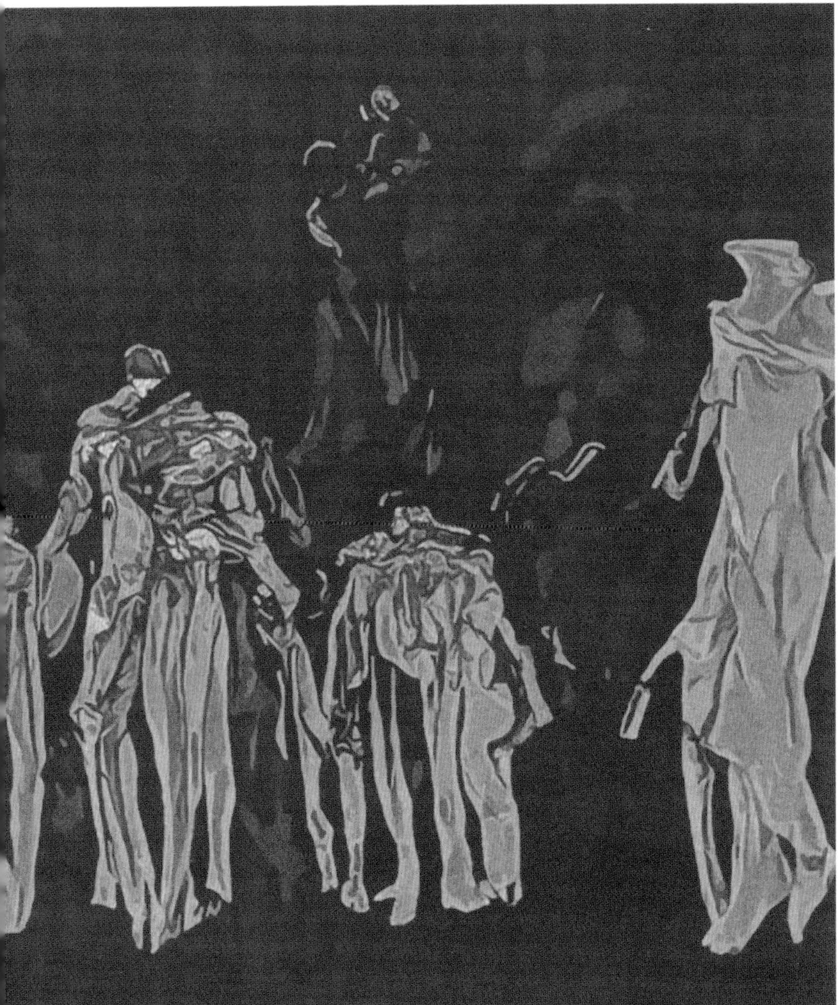

皮肤表面的植物生长得很快，短短的时间就占领了它的身体，不愿放弃一点儿空隙

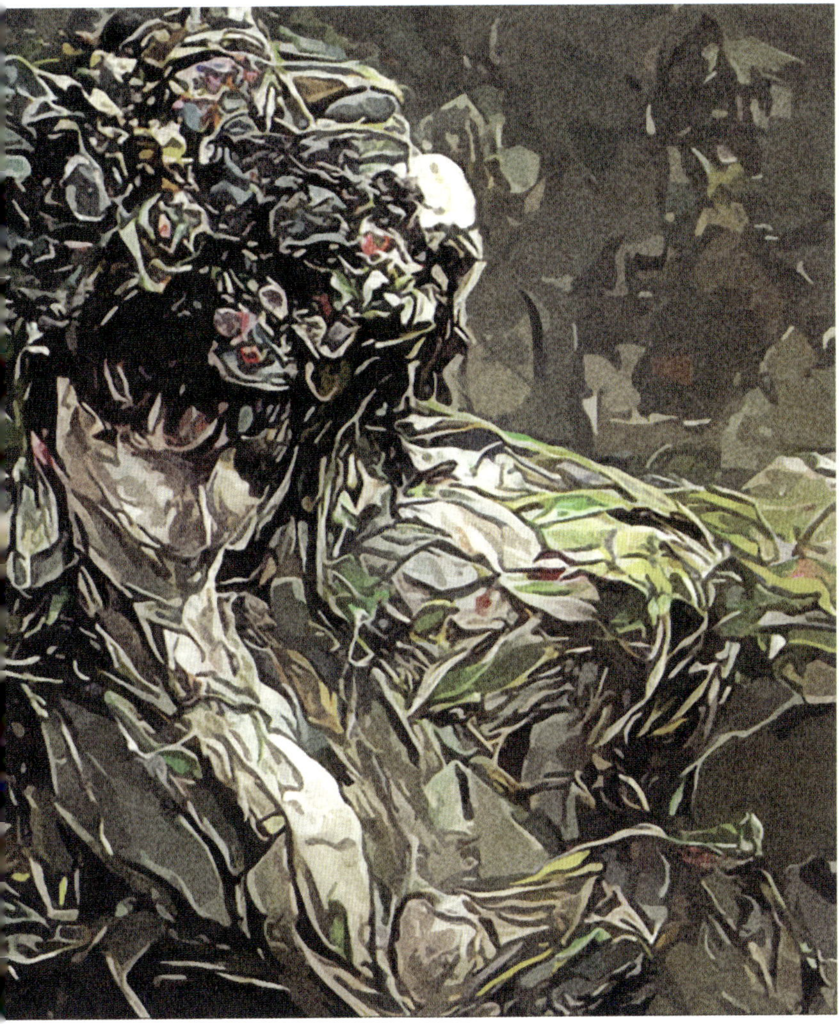

长臂人再次变得洁白无瑕，除了满身的裂口和虚拟种子。

突然，它好像恢复了意识，用力地向上挣脱着，四肢发疯似的甩来甩去，身上的导管也跟着脱落了，像是完成了任务一般，一瞬之间就爬了上去。

那个裂口也慢慢地闭合上了，看不出任何痕迹。

位于我左边的长臂人也开始循环，不同的是，它皮肤表面的植物并没有枯萎，而是越来越大，顺着裂缝冲了出去，继续向上生长，下半身的植物也长势凶猛，巨大的枝叶像多出来的手臂，不知是太重的原因还是什么，它的颈部被撕裂开来，头与身体一分为二，头上的植物变成了那个世界的虚拟植物，头下的植物包裹着下半身，重重地钻进了无尽的黑色中，只有头还悬在裂口处。

我盯着长臂人的头，想象着自己的身体长满了植物，想象着下方的黑暗。如果这里连接着隧道的话，那么那些掉落下去的躯体会不会堆积在隧道的中点处呢？我的感受器传递出惶恐的感知，头里的亚马孙活土会不会突然动起来……

过了好久，我的身体仍然没有任何变化，只是悬在地面上的头不再被敲来敲去。

不断有新的长臂人进入地下,有些回去了,有些没有。它们是来换取虚拟种子的吗?它们最终都会变成虚拟植物吗?为什么要将"扭扭"的复制品插在它们的身体上继续生长?

带着这些疑问,我回到了现实世界。

? <........> ?

如果它们看到了同伴的尸体，还会选择进入那个满是植物的世界吗？

躺下可以去往另一个世界，起身便回来了。只有我从装置中慢慢爬了起来。

我晃动脑袋，大部分地球人还在装置中继续沉睡，有些地球人却没那么幸运，只剩下了残缺的身体和空荡荡的装置，这些肢体被几个黑镜人扔进了另一个巨大的机器中。

我不敢相信眼前的一幕，两个世界仿佛是连接在一起的整体，我分不清哪个世界才是真实。如果真是这样，那个裂缝就是入口，可是我想不出黑镜人这么做的动机——《地球之书》告诉我，动机才是支配人类行动的力量之源，而不是"弯灯"。那些幸运的地球人，如果它们看到了同伴的尸体，还会选择进入那个满是植物的世界吗？

我的脑袋再次变得沉重，"扭扭"不见了，取而代之的是一颗让我感到不适的能量石。

没有了"扭扭"，我好像失去了一种活力，一种在K星球从未感受过的活力。

五个黑镜人再次出现，我被带回到了第一次见到地球人的地方。

有些地球人却没那么幸运，只剩下了残缺的身体和空荡荡的装置

没有了"扭扭",我好像失去了一种活力,一种在 K 星球从未感受过的活力

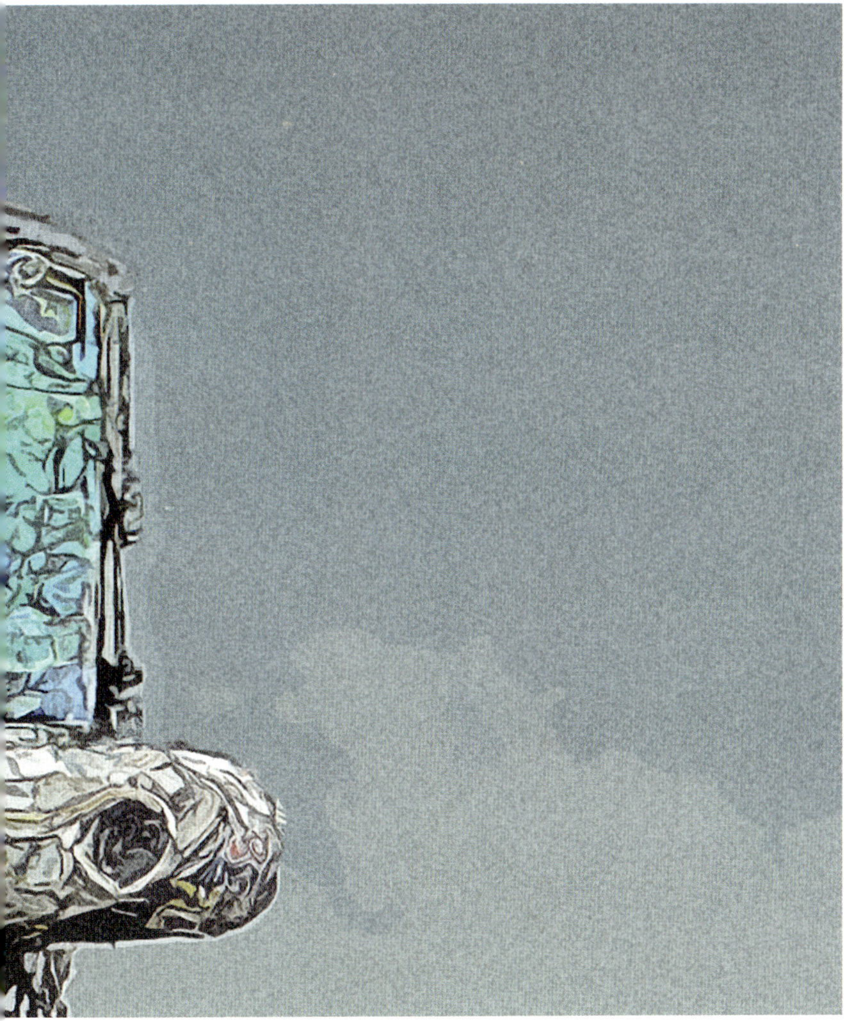

几个简单的人类建筑，几株虚拟植物，几个闲逛的地球人，还有我那没了力气的飞船，以及堆在旁边的能量石。与刚来到这里不同的是，建筑墙壁上的植物已经褪色枯死，只有虚拟植物投影还发着光。

这些能量石并不足以帮助我回到 K 星球。

当我想要得到更多的能量石的时候，五个黑镜人已经消失了。

它们可能并不想让我回到 K 星球。

或许弯灯也没能想到我可以活下来，虽然我并不明白其中的原因。

我开始回忆与"扭扭"一起相处的那些地球日，怀念着与这个不会说话的植物交流，触摸它，静静地和它待在一起，相互陪伴着生活的状态。

地球上的植物都去了另一个世界，与长臂人生长在一起。在这个世界，"扭扭"大概是活得最久的植物了，它以一种奇怪的方式和我的头结合在了一起。

这一切都始于我看到绿色能量的那一刻。

它身上所蕴藏着的绿色能量,或许是支撑我们活下去的秘密。

我又一次翻开《地球之书》寻找着关于植物的秘密,可惜并没有关于绿色能量的描述。我想恐怕人类也从未见过这样的植物,人类的肉眼根本看不到绿色能量。

本来我想把这份日记和扫描到的场景交给弯灯和其他 K 星人,现在想想也不用了。

<........>

我将这本日记和头戴装置一同塞进了这棵植物的土壤下面,如果你想进入那个世界,请小心一点儿。

或许是黑镜人的疏忽,头戴装置还在我的身上,它们好像随时欢迎我回去。

还好K星球的飞船都可以使用一次"时光旅行"应急设备,我随机地选择了20××年,降落在一个安静的角落。

真幸运,这个世界里充满了植物,我格外喜欢你家门前这一棵,因为,它的周围环绕着一股跳跃着的绿色能量,还有,它长得有点儿像"扭扭"。

我将这本日记和头戴装置一同塞进了这棵植物的土壤下面,如果你想进入那个世界,请小心一点儿。

当你读到这本日记的时候,或许我已经离开地球,又或许我用尽了能量石,正躲在地球的某个角落里撰写着新的流浪日记,就像你们所说的"作家"。

希望我们能保持联系,然后,和我聊聊你家的绿色能量。

我随机地选择了 20×× 年，降落在一个安静的角落

《欢迎光临,植物商店》
创作札记

将 KZ 的事迹还原

"欢迎光临，植物商店"第一次出现在大家的视野里是在英国的皇家艺术学院 (RCA) 信息体验设计 (IED) 专业的毕业设计中，为了将 KZ 的故事更好地呈现出来，我们结合动画、实体装置和 VR 等媒体，将小说内的一些场景进行了还原，并邀请观众对人类和植物的未来进行推测，构想一种与植物进行关怀和互惠的方式，并接受我们与植物在这个世界上不可分割的关系。

我们为这部小说制作了一本手工书，书的外皮使用了一种柔

182

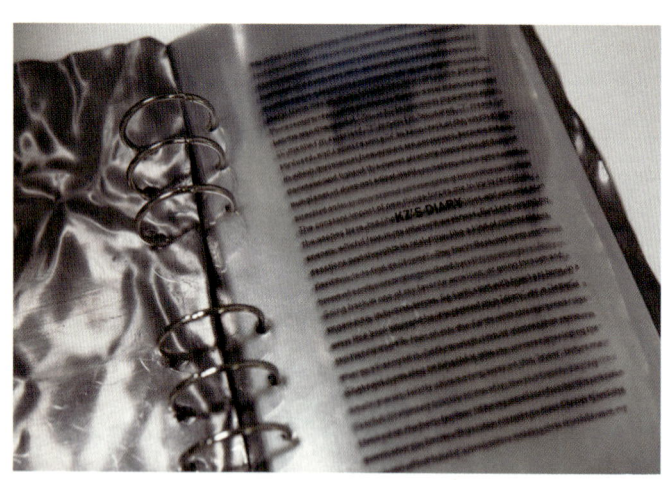

手工书与装置制作

性的金属材质，内页则使用了纯透明的薄膜材质，当所有的书页合在一起的时候人们并不能很容易地看清上面的字，突出了一种朦胧的未知感。

另外，我们以"苔藓球"的方式制作了植物混合在一起生长的样子，并通过强光与烟雾的效果叠加，模拟故事里 2084 年"植物乐园"中张牙舞爪的植物。

VR 设备还原了绿岛内的部分场景，观众可以用它看到场景并在里面走动，以及观察巨大的虚拟机器和虚拟植物。

植物乐园 VR 体验

布展过程与展览现场

在布展的时候，我们希望创造一种未来感与神秘感，通过投影与悬挂文字的方式来讲述这个故事，并要求观众蹲下来观察植物，体会发现 KZ 秘密的奇妙感觉。

大家好，我是 KZ

KZ 第一次来到地球的真实样貌其实是一个电脑支架，当时一个巨大的屏幕上正放映着《宇宙时空之旅》纪录片，旁边还有一个长相奇特的电脑支架。

纪录片中，人类从地球出发，向未知的宇宙一点一点探索，像是一种从内向外的延伸。而我们在思考，外星人是不是也在制作这样一部纪录片？如果它们来到地球，会如何认识地球，如何看待地球生命呢？从它们的星球出发，到达地球并一点一点认识地球，就像人类文明在地球上刚刚出现一般。对于人类而言，地球虽然并不陌生，但是我们对它也还是知之甚少，我们只是暂时生活在这里，还有非常非常多奥秘需要去发掘。

那么重新做这件事情的主体是谁呢？我们身边的电脑支架长得太像外星人了，尤其是它的头，是不是可以在里面放些东西，支架是不是可以当作手臂呢？以它的视角记录着这一切，应该很有意思。

你好，植物

植物给我们的印象通常是一种"死亡（无生命）"或者"工具化"的物质形象。比如我们常常将植物看作景观、装饰、食物……或者被用来当作投机产品，植物常常以一个被操纵的角色出现。正是这种工具化的态度切断了我们与植物的接触和交流，促使我们无情地对待我们周围的自然，与此同时加快了全球变暖、物种灭绝等生态问题。

最初创作的时候，虚拟货币炒得很热，我们突然想到当植物遇上虚拟货币会诞生什么故事？于是，我们设想通过创造一种新型的虚拟货币来捕捉投机者的欲望，以此投射潜在的环境和能源问题，于是小说中G公司的虚拟产品——"种子"的设定雏形就诞生了。我们设想，如果未来地球是一个生态崩溃的世界，那么植物会以怎样的身份和地位出现在地球上，它是否会作为一种投机产品而存在？它们又会在什么样的空间里生长？

推测性小说是模糊现实与想象的边界的催化剂，它让我们以外星人的视角重新思考植物的主体性。外星人可以从一个旁观者、非人类的角度来看待人类和植物之间的关系，它是彻底的他者，可以超越人类对植物的固有概念和定义。

这是一个发生在遥远未来的故事

我们将故事的背景设定在2084年，那时地球已经处于生态崩溃的边缘，K星人KZ"阴差阳错"地来到了地球，用日记与场景扫描的方式记录了它与植物伙伴"扭扭"的种种遭遇。小说

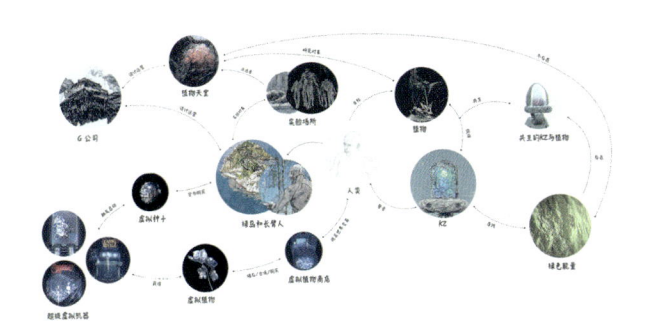

《欢迎光临,植物商店》关系图

中的 G 公司、弯灯、KZ、长臂人的关系因各自的利益相互交织在一起。

KZ 是小说的主人公"我",作为 K 星球的能量石搬运工,每天做着规律且枯燥的事情——扫描并搬运能量石。它所居住的 K 星球是一个生物多样性极低的光秃秃的星球,基本上只由 K 星人还有地表下的能量石构成,在地球人眼里,K 星球更像是一个庞大的机器。

另一个重要角色也与 K 星球有关。自 KZ 还是个孩子,它就一直被告诫"弯灯"是 K 星的守护神,控制并维持着星球的健康,操纵着黑夜与白天的长度,掌握着 K 星人的生存关键,因为

KZ的形象设定

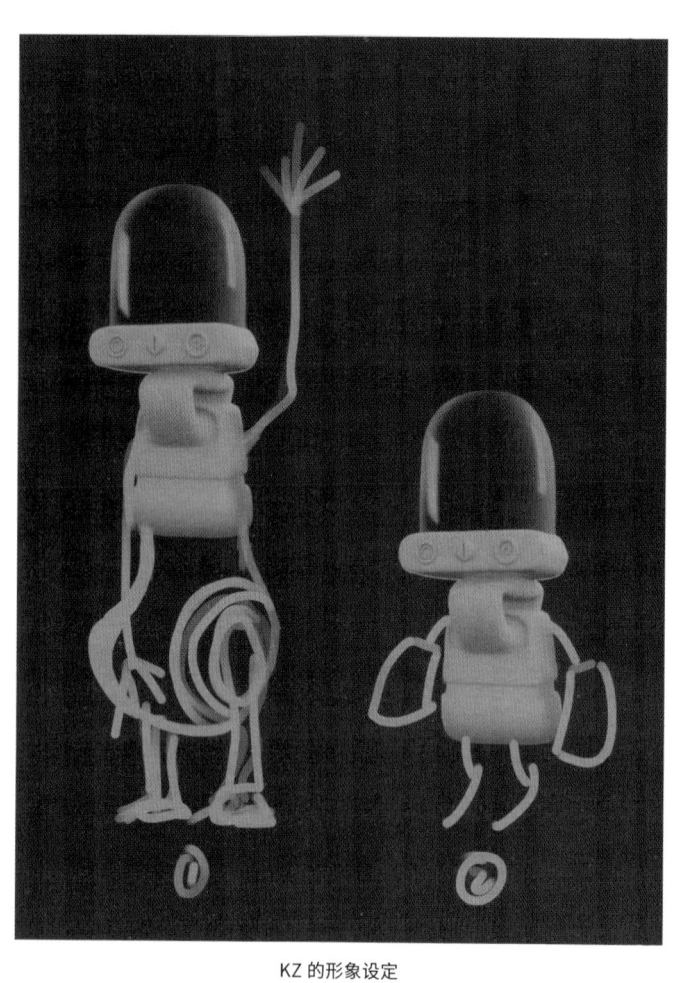

它创造了能量石的循环系统（K星人并不知道这个秘密，它们只是为了活下去）：将K星人转化为能量石，再提供给K星人作为生命支撑。能量石既可以放置在建筑、飞船里，也可以放在K星人的头里，为他们提供生命能量。另外，K星人从未真正接触过"弯灯"，每当K星球上空出现"弯灯"的符号时，K星人都会做出类似跪拜的动作，这个反应就像是写在身体里的程序。

由于K星人越来越少，能量石也有耗尽的一天，"弯灯"开始寻找其他星球的能量石资源。在小说中可以看到，未来地球人——准确来说是G公司——与"弯灯"一直有着利益往来。未来世界，地球上的植物已经不能在真实的环境中生存，地表只剩下了虚拟植物和仅能存活几天的植物杂交体，也就是在"植物乐园"看到的生物。所以稀缺的植物越来越珍贵，真实植物对于地球人来说已然成为一种财富与地位的象征，G公司正是利用了这一点，将生态危机转换为一种新的牟利方式。

G公司创造了一个虚拟的植物岛屿，换句话说，更像是一个植物赌场。岛中生长着各种新奇的植物，在现实中从未出现过的植物。这里没有白天与黑夜，来到这里会让人类忘记时间，忘掉现实。G公司还设计了在赌场里流通的货币——虚拟种子，还有巨大的游戏装置，比如"植物竞猜""抓植物"，等等。

G公司的虚拟种子和虚拟植物

游戏装置概念设计图

选择来到这里的地球人就是小说中的"长臂人",他们为了赚钱,在虚拟世界中赌博、竞猜、合成,为了获得目标植物不惜以自己的身体作为条件,然而他们不知道的是,自己早已在一次次"游戏"中沦为 G 公司的实验品,默默地在无人知晓的地方失去生命。

这个实验投射了 G 公司更大的野心,他们为了得到植物能在真实世界存活下去的秘密而不断地用人类进行实验,利用提取出来的植物种子与人类身体的结合体不断测验,寻找可在真实环境中活下去的植物。

从"协作生存"到看不见的绿色能量

地球上缺少植物,而恰好 K 星人拥有在时空中穿梭的技术;"弯灯"需要能量石,而地球蕴藏着祂所不能理解的能量石。于是,"弯灯"和 G 公司的交易成立了。

KZ 的行动被设定在地球更深的位置,这或许是"弯灯"猜测的能量石所在的位置。在 KZ 之前,K 星人前赴后继地进行过探索,但都没有活太久,基本都死在了洞穴里或者其他地方。

当一种奇怪的共生被打破，我们的故事开始了。KZ 与"扭扭"的结合打破了这一循环——它将植物插入自己头部。

人类学家罗安清[1]提出"协作生存（Collaborative Survival）"这一概念，认为我们（人类）作为一个物种的生存能力与众多其他物种的健康密切相关，并与它们的健康休戚相关。KZ 在旅行中放弃了作为主体的自主权，随着他与植物的认识的日益密切，双方为了生存不得不一起思考、对话，产生了一种复杂的纠缠。

整个故事里，KZ 的内心在不断变化。它曾经和所有 K 星人一样，对"弯灯"抱有根深蒂固的尊敬和崇拜，而当它在黑镜人身上看到了"弯灯"的标志，开始怀疑"弯灯"的意图以及它的真实身份。当它在与"扭扭"的这次共生冒险中发现 K 星人没有了能量石也能继续活下去，便开始不断地质疑与实验，最终发现了隐藏在地球中的秘密——绿色能量。

绿色能量贯穿整篇小说，它是一种只有 KZ 与植物可以看到的东西。它产生于 KZ 与植物之间的关怀与互动之中，它是无形的，但可以深刻感受到，这超出了人类对植物的感知和理解的

---

[1] Anna Qing，加州大学圣克鲁兹分校人类学系教授，研究方向为文化与政治、女性主义、全球化、多物种人类学、社会景观和生态学。

边界。

就像是简·贝奈特[1]在《活力之物》一书中提到的"物质-能量（Thing-Power）"，她认为，惰性的或完全工具化的物质生命形象会助长人类的征服和消费的欲望，阻止了我们通过五感去体验人类身体内外的非人类力量，然而"物质-能量"这个概念模糊了物质世界的主体客体的二元性，将生命看作是一种不断变化着的物质或能量，促使我们重新关注自身、非人类的存在和环境。所以绿色能量是不是真的存在呢？是不是仍然有一些人类可以看到绿色能量呢？

绿色能量可能是假的，但是整个故事是真的。

关于 AI 创作

借助 AI 进行创作源于我们从社交媒体平台上看到了一些关于 DiscoDiffusion 的讨论。我们的小说是一个与未来有关的故事，而 AI 创作又充满了随机感，所以自然而然地萌生了"新的工具能为我们带来什么图像"的想法。

---
1 Jane Bennett，约翰霍普金斯大学人文学科教授，活跃在环境人文、政治哲学、自然文学、政治修辞等多个领域。

最开始我们只用到了很直白的提示词，比如"植物赌场""森林赌场"之类，当那些图片出现的时候，确实让我们产生了不小的震撼，但看多了未免会觉得图片效果千篇一律，很容易看腻。

后来，我们将故事情节进行了拆分，对每个情节想要的图片进行了大概的规划，并且自己绘制了一些模型和简单的草图，通过改变关键词（比如，我更喜欢"线稿的风格"），慢慢调试出了与我们脑海里的画面相符的图画，在此之后，我们又进行了细致的处理和调整，才有了现在大家看到的图像。

所以对于创作来说，AI 并不是主要的创作工具，而是一种类似"画面滤镜"的存在。简单列举几个对比图，比如第一个场景是 KZ 在巨大的"抓植物"球形机器面前，长臂人不断地往机器里扔虚拟种子，然后排着队准备操纵机器里面的巨大的爪子。运用 AI 进行处理后，画面多了一种人与巨大的机器、植物混杂在一起的状态。又比如第二个 KZ 拿着"扭扭"的画面，AI 使得原本明确的身体画面变得更加模糊，让人们去猜测 KZ 与"扭扭"具体的样貌。

场景一 自己绘制的模型

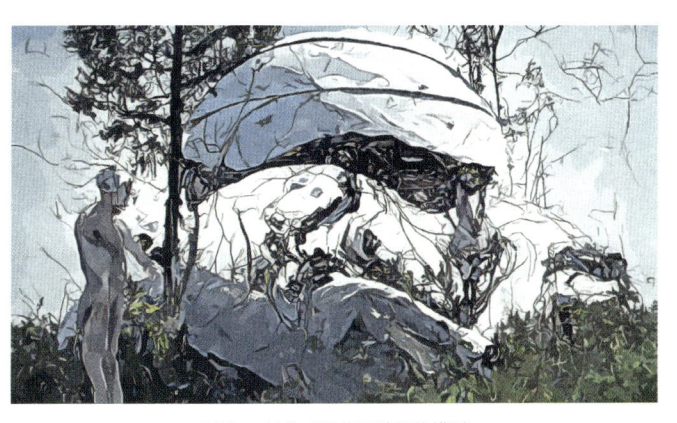

场景一 AI 生成并后期处理的模型

场景二 自己绘制的模型

场景二 AI 生成并后期处理的模型

KZ 去了哪里？

KZ 是否真实存在？我们也说不好，因为在创作这篇小说的那段时间里，每天早上催促我们写下去的是脑中突然出现的场景，那些场景帮助我们顺畅地讲述了整个故事，就好像 KZ 正在通过某种方式与我们交流，也可能因为家里的植物太多了。

我们对于自然的态度一直是那么无能为力，KZ 也是。至于这个故事能够在大家心中激起怎样的感触，我们更喜欢创造一种更加开放的空间供读者去想象，在不远的未来……我们在地球的另一个角落也许会发现一本 KZ 的日记，看到长相酷似 KZ 的外星人，那个时候，希望你一定上去和它要个签名，再问问它又经历了什么。

致　谢

当这本 KZ 的旅行日记准备大摇大摆地占据人类的视线时，我们既兴奋，又带着一丝欣喜。首先对新星出版社表示感谢，感谢你们冒险投资这样一部疯狂的作品。责任编辑公子政，我们的相遇简直就像 KZ 偶遇"扭扭"，不可思议却又奇妙无比，是你给了 KZ 与世界见面的机会，谢了！然后，感谢全体设计团队，你们的创意就像是给宇航员的太空服赋予了个性布贴，既有趣，又让人印象深刻。感谢大家在细节上的打磨，确保这本书不仅能被看见，还能被珍惜。

我们还要特别感谢海客老师，您写下的序言就像是来自 K 星的信号——神秘而令人期待，每一个字都让我们既紧张又兴奋。还要特别感谢皇家艺术学院的克里斯蒂娜·莉·杰罗斯（Dr. Christina Leigh Geros）博士和丹妮尔·巴里奥斯-奥尼尔博士（Dr. Danielle Barrios-O'Neill），二位在学术上的支持和建议就像是在飞船中坚持生长的"扭扭"，提醒我们即使遇到危机，也始终有希望和可能性。

最后，感谢一直陪伴在我们身边的植物。在那些无尽的创作夜晚，是你们的绿色能量（或许还有一点点氧气）让我们保持清醒，继续编造这个疯狂的故事。

谢宽　高愚

2023 年 3 月

幻象文库

想象，比知识更重要

新星出版社
NEW STAR PRESS

幻象文库·科幻文学

雷·布拉德伯里幻想文学系列

作者：[美] 雷·布拉德伯里

《暗夜独行客》《亲爱的阿道夫》《殡葬人的秘密》《夏日遇见狄更斯》
定价：49.80 元　定价：49.80 元　定价：49.80 元　定价：49.80 元

《杀手，回到我身边》《温柔的谋杀》《死亡是一件孤独的事》
定价：66.00 元　定价：58.00 元　定价：59.00 元

编辑推介：

多栖作家雷·布拉德伯里是二十世纪最重要的美国作家之一，被视为"将现代科幻领入主流文学领域的最重要人物"，科幻大师"布拉德伯里"冷峻犀利；悬疑作家"雷"诙谐荒诞；梦想成为魔术师的"老雷"则有着最深邃的天真。永远爱雷·布拉德伯里！

1

幻象文库·科幻文学

"文明"系列

作者：[英]伊恩·M.班克斯

《腓尼基启示录》
定价：62.00 元

《游戏玩家》
定价：49.00 元

《武器浮生录》
定价：56.00 元

《反叛者手记》
定价：56.00 元

《向风守望》
定价：59.00 元

编辑推介：

"当代狄更斯"伊恩·M.班克斯经典系列首次全线引进！当代科幻颠覆之作、关于宇宙生命的恢弘想象和史诗性篇章。科技狂人马斯克多次致敬，扎克伯格将其列入必读书单！

中文版即将推出

"文明"系列

作者：[英]伊恩·M. 班克斯

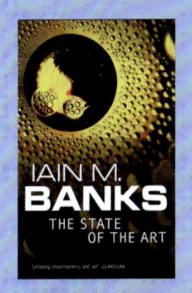

The State of the Art

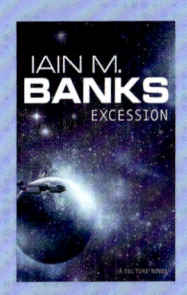

Excession

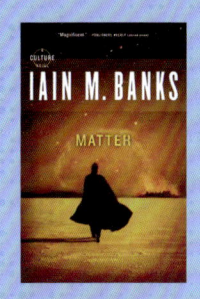

Matter

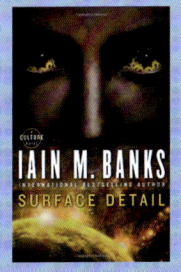

Surface Detail

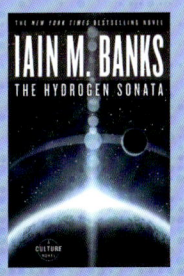

The Hydrogen Sonata

评判科幻小说的标杆作品，在世界科幻小说的发展历史上留下了不可磨灭的璀璨印记！

幻象文库·科幻文学

神林长平 经典科幻系列

作者：[日]神林长平

《战斗妖精·雪风<改>》
定价：48.00元

《战斗妖精·雪风 Good Luck》
定价：59.00元

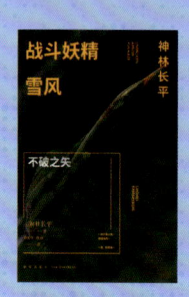

《战斗妖精·雪风：不破之矢》
定价：52.00元

《棱镜》
定价：48.00元

编辑推介：

神林长平的每一部作品都有着令人难忘的世界观。"语言"和"机械"是他倾注全部作家生涯探究的主题，这些根源性的问题并非以抽象的哲学论证形式呈现，而是以"小说"为舞台，借助人物与故事把思考娱乐化、又把享受作品的过程变成新鲜的思考。

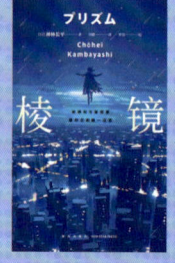

幻象文库·科幻文学

科幻大师选集

主编：[美]奥森·斯科特·卡德 / [美]戴维·G.哈特威尔 / [美]帕特里克·尼尔森·海登 / [美]戈登·范·格尔德 / [澳]乔纳森·斯特拉罕

《大师的盛宴》
定价：49.00 元

《未来的序曲》
定价：79.00 元

《欢迎来到敌托邦》
定价：59.00 元

《生而服从：机器人故障指南》
定价：49.00 元

《魔龙之书》
定价：66.00 元

编辑推介：

本系列均由荣获雨果奖 / 轨迹奖的资深科幻编辑选编，云集了不同时代科幻名家的代表作品，是科幻迷不容错过的权威选集。
- 《大师的盛宴》汇集了二十世纪黄金时代、新浪潮和媒体一代科幻大师；
- 《未来的序曲》以"一人一篇代表作"的方式收录新世纪 34 位科幻新星的短篇名作；
- 另外三本围绕反乌托邦、机器人与龙的主题，收录了风格各异的科幻、奇幻短篇，旨在为读者提供有思想和价值的阅读。

幻象文库·科幻文学

《怪兽保护协会》

作者：[美]约翰·斯卡尔齐

定价：59.00元

编辑推介：

40%怪兽生物学+30%吐槽+20%幽默+10%离谱。幽默科幻×怪兽美学，一扫科幻界长久以来的沉重与艰涩！

如果你也喜欢《侏罗纪公园》《生活大爆炸》《哥斯拉》，请不要错过这本书！

《艾比斯之梦》

作者：[日]山本弘

定价：58.00元

编辑推介：

一本人与机器人的相爱相杀启示录，大杀四方的宅向科幻，当之无愧的日系AI小说顶级白月光。

《飞翔的孔雀》

作者：[日]山尾悠子

定价：56.00元

编辑推介：

山尾悠子的作品拥有艾伦·坡式的趣味性与仓桥由美子般的怪诞世界观，其文字充满残酷的诗意与绝望的美感，犹如坠落至半空中而爆发出奇异光芒的矿石结晶。《飞翔的孔雀》是山尾悠子斩获三项大奖的重磅之作。

幻象文库·科幻文学

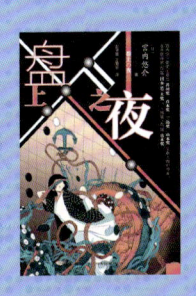

《盘上之夜》

作者：[日]宫内悠介
定价：52.00元

编辑推介：

日本科幻小说新一代领军人物宫内悠介，处女作即获日本科幻大奖。"五成抽象，五成具象"——人生和游戏，重生和终结，神父和萨满，散文和诗歌，都是各占五成。

《柯罗诺斯的奇迹》

作者：[日]梶尾真治
定价：58.00元

编辑推介：

梶尾真治写作风格多变，笔触温柔细腻，将普通人感情中的艰难、煎熬和不可思议的力量完全展现出来。收录七则时间旅行爱情故事，部分被改编为舞台剧和电影。

《新新新日报馆：魔都暗影》

作者：梁清散
定价：58.00元

编辑推介：

梁清散素以研究晚清民国时期的中国科幻文学史见长，古代与现代、历史与幻想在这里融合于一体，汇聚成为一座虚实难辨的"蒸汽朋克"上海滩。

幻象文库·科幻文学

《百万英里之路》

作者:［美］鲁迪·拉克

定价:59.00 元

编辑推介:

两届菲利普·K. 迪克奖得主、赛博朋克先驱鲁迪·拉克科幻长篇。语言、声音和神经元之间的怪异碰撞,一场梦幻般的外星之旅。

《欢迎光临,植物商店》

作者:谢宽、高愚

定价:78.00 元

编辑推介:

如果有一天,人类不再双足行走,地球上只剩下最后一株植物。一首关于遥远未来的地球之歌,一个关于大地、土壤、人类和植物的异色诗篇。

《行星仪轨》

作者:暗号

定价:56.00 元

编辑推介:

生物朋克、神秘异星、废土浪漫、赛博修行……一部属于勇敢者的《拾荒者统治》。在这里,即使万物都被规训,我们也要浪漫而活。

幻象文库·科幻文学

"白凛世纪"系列

作者:余卓轩

《白凛世纪1:恒光》
定价:42.00元

《白凛世纪2:迁徙》
定价:49.00元

《白凛世纪3:悬夜》
定价:46.00元

编辑推介:

余卓轩是科幻奇幻双栖作家,同时也担任诸多科幻奇幻游戏、动漫和影视项目的编剧顾问和世界观架构师。《白凛世纪》三部曲讲述了人类在绝境中的探索与挣扎,演绎了一出关于勇气与智慧的恢弘史诗。

幻象新未来·科技人文

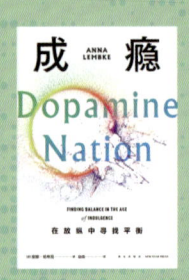

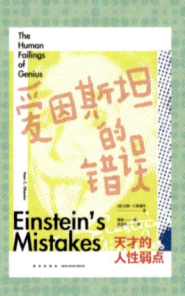

《成瘾》| 三联行读图书奖 2023 获奖图书

作者：[美]安娜·伦布克
定价：59.00 元

编辑推介：

伦布克博士将深受成瘾之害的患者案例融入书中，并从神经科学的角度分析大脑的奖赏机制，为我们讲述快乐与痛苦的平衡之道，希望我们可以从中受益。

《量子简史》

作者：[美]大卫·凯泽
定价：68.00 元

编辑推介：

重现爱因斯坦、海森伯、薛定谔、霍金等伟大物理学家的量子力学探索故事，读者可以转换成物理学家的视角，进入不断探索空间、时间和物质的旅程。

《爱因斯坦的错误：天才的人性弱点》| 入选 2022 中华优秀科普图书榜

作者：[美]汉斯·C. 欧翰年
定价：69.00 元

编辑推介：

本书围绕"错误"的背景及前后发展，以及爱因斯坦的个人生活，讲述了大量相关的科学史故事、科学家逸闻趣事等，为我们上了一堂现代物理学史速成课。

幻象新未来·科技人文

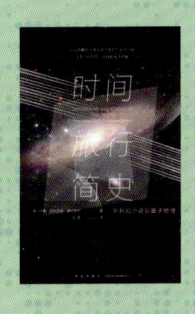

《时间旅行简史：从科幻小说到量子物理》

作者：[墨]何塞·安东尼奥·德拉佩纳
定价：49.00元

编辑推介：

本书利用空间、时间、黑洞、时间机器、广义相对论中的超快速旅行和生物钟等概念介绍了时间旅行的基础知识，给所有科幻爱好者带来了一段享受的旅程。

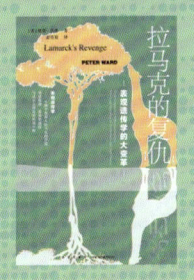

《拉马克的复仇：表观遗传学的大变革》

作者：[美]彼得·沃德
定价：56.00元

编辑推介：

表观遗传学是一个复杂过程，古生物学家、天体生物学家彼得·沃德将之化解为通俗语言，他重新审视了人类的历史如何在我们的生理、行为和智慧中留下了印记。

《智能机器时代：人工智能如何改变我们的生活》

作者：[德]乌尔里希·艾伯尔
定价：69.00元

编辑推介：

本书每章都以一幕科幻剧作为开场，巧妙地回答了人类对无处不在的AI世界中，有关宇宙、人生及很多问题的追问。书中介绍了各式各样的机器人，令人大开眼界。

11

幻象新未来·科技人文

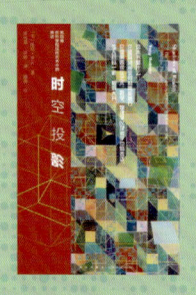

《时空投影:第四维在科学和现代艺术中的表达》

作者:[美]托尼·罗宾
定价:49.00 元

编辑推介:

人类探寻艺术、数字、物理、计算机、哲学中第四维的脚步从未停歇,美国画家托尼·罗宾在本书中回顾了四维几何投影的前世今生,令人耳目一新,脑洞大开。

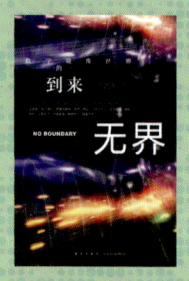

《无界:数字镜像世界的到来》

作者:李凯龙
定价:66.00 元

编辑推介:

一本从人文角度讲区块链和未来社会的书,它有希望解决长久以来我们遍寻各类社会和道德理论,创设了大量经济、组织模型也未能很好解决的合作和协调问题。

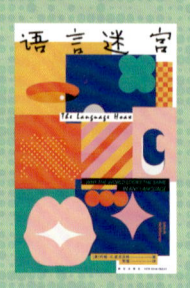

《语言迷宫》

作者:[美]约翰·H.麦克沃特
定价:49.00 元

编辑推介:

本书运用全球大量语言族群的事例颠覆了"语言塑造思想"的语言决定论,以诙谐、调侃的语调讲述了许多语言的语法趣事及各族群令人啼笑皆非的语言文化。

幻象新未来·科技人文

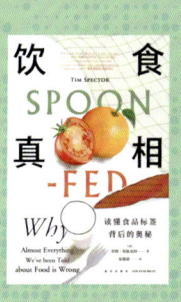

《逻辑迷宫》

作者：[美]雷蒙德·M.斯穆里安

定价：72.00元

编辑推介：

一本趣味横生的故事书，由浅入深了解命题的真假和自指、推理的有效性、集合论语义学、无穷和保有效性以及形式系统的性质等逻辑学基础知识。

《饮食真相》

作者：[美]蒂姆·斯佩克特

定价：59.00元

编辑推介：

本书揭开了23条对我们最为迫切、最为危险、最为顽固的饮食观念上的迷思，悉心总结出"饮食12条计划"，鼓励我们重新思考与食物的整个关系。

《未来自然史：掌控人类命运的自然法则》

作者：[美]罗布·邓恩

定价：66.00元

编辑推介：

想要在这个脆弱的星球上生存，我们就必须理解并遵守它的铁律。与科尔伯特的《大火绝时代》一样及时，本书为理解生命的多样性和命运设立了新标准。

幻象文库·动漫IP

尖帽子的魔法工坊

作者：[日]白滨鸥
定价：28.00元/册

编辑推介：

单凭画风就能封神的王道奇幻漫画，全球畅销250万册，讲述降临在向往当魔法师的少女身上的绝望与希望交织的故事。作者白滨鸥曾为漫威、DC等漫画公司效力多年，担任封面绘制，画工精湛。

幻象文库·动漫 IP

哈利波特周边图书

《哈利·波特：艺术设定集》
定价：468.00 元

《哈利·波特：魔杖收藏手册》
定价：188.00 元

《哈利·波特：魔法生物·场景纸雕书》
定价：198.00 元

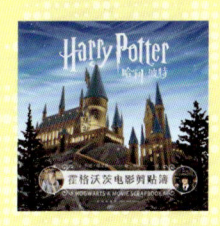

《哈利·波特：霍格沃茨电影剪贴簿》
定价：99.00 元

《哈利·波特：魔法咒语电影剪贴簿》
定价：99.00 元

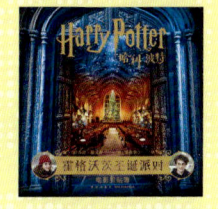

《哈利·波特：霍格沃茨圣诞派对电影剪贴簿》
定价：99.00 元

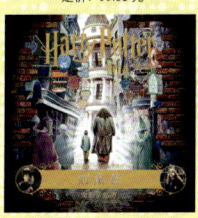

《哈利·波特：对角巷电影剪贴簿》
定价：99.00 元

《哈利·波特：黑魔法电影剪贴簿》
定价：99.00 元

《哈利·波特：魔法生物电影剪贴簿》
定价：99.00 元

编辑推介：

伏地魔的长袍为什么越穿越多，霍格沃茨存在多少密道，一套适合阅读又适合装点巫师之家的藏品！属于哈迷的必备收藏单品！

幻象文库·动漫 IP

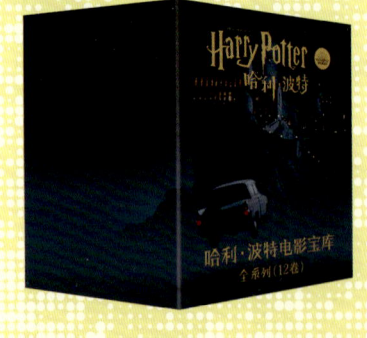

哈利·波特电影宝库 全系列（12卷）

定价：1056.00元（单册88.00元）

第1卷：森林、湖泊与飞行动物
第2卷：对角巷、霍格沃茨特快列车与魔法部
第3卷：魂器与死亡圣器
第4卷：霍格沃茨的学生
第5卷：动物伙伴、植物与变形者
第6卷：霍格沃茨城堡
第7卷：魁地奇与三强争霸赛
第8卷：凤凰社与黑暗力量
第9卷：妖精、家养小精灵与黑暗
第10卷：巫师的家与村落
第11卷：霍格沃茨的教授与职工
第12卷：魔法世界的庆祝活动、食物和出版物

About 幻象

幻象文库,新星出版社旗下专注于科幻、科技内容的图书出版品牌。致力于探寻未来、科技、想象与人的关系,出版国内外影响人类思维方式的科幻和科技经典作品,并孵化新锐原创作家。

微博:_@ 幻象文库
微信:_@ 幻象文库 _@ 新星出版社

幻象文库　　新星好书,尽收于此